三余堂散记

商震/著

作家出版社

商震 1960年生于辽宁营口市。诗人，职业编辑。著有诗集《大漠孤烟》、《无序排队》和长篇纪实《写给上帝的白皮书》等。

001

汉人董遇是个好学之辈，又勤于劳作，便把读书习文的事儿放在三个时间段，即："夜为昼余，雨为晴余，冬为岁余"。由此可知，董遇是个北方农民。"夜为昼余"不必多言。雨时不能耕作，便是"晴之余"。冬天大地封冻，无农活可做，又近年关，便是"岁之余"。

我喜欢这"三余"，因为我做不到利用所有的"余"来读书习文。于是，我给自己的书房挂匾："三余堂"。

有了"三余堂"，我的那些"余"，依然被我随意挥霍。不是事务繁忙，不是红尘猛烈，是我没野心或无大志矣。

002

读钟嵘的《诗品》，对一段话感受颇深："气之动物，物之感人，故摇荡性情，形诸舞咏。照烛三才，晖丽万有，灵祇待之以致飨，幽微藉之以昭告。动天地，感鬼神，莫近于诗。"

窃以为，此乃全书立论之基石也。

诗，一定要有"气"。

我对一首诗的判断，首先看其是否气韵贯通，气势灵动；然后再看其"气"之落脚处以及方向，至于温婉或磅礴则属诗人个体特征。

"气"是诗人外化的情感，"气"要动，动才是创造。诗人"气"动，才能让天地、鬼神动。当然，"气"与"动"要匹配得当，就是叙事与抒情的平衡，是词语在表达现场隐身而彰显趣味与意味。

外表的建筑无论多美，没有内在的诗人自己的感情贯穿，也是豆腐渣工程。

003

《春秋三传》中，我不喜欢《公羊传》。

《公羊传》看来看去，像几个人在写一篇命题作文，或者是开一个庸俗的作品研讨会。如果这几个人不是围绕着《左传》去说，我是一定看不完的。认真地说，《左传》并不客观，也不可能客观，像《史记》一样有着作者的主观色彩。如果把《左传》改成《左丘明中短篇小说集》，那么，《公羊传》就是几个在研讨会上看"红包"说话的评论家和编辑。

迎合、甜腻、穿凿附会、主观随意是《公羊传》的特点，尽管这老几个是举着天下大一统的大旗，但我觉得，旗下的阴影里藏着他们想要得到的功名利禄。

自己获利而遗祸后人，导致以讹传讹，罪莫大焉。好在这老几位评述的是《左传》。

呜呼，这部《公羊传》曾是汉代国立大学的教材。

若是其他一些几近垃圾的文字也有几位名嘴、名家口吐莲花地"微言大义"一番，当时明眼的人看了是踩着了狗屎，后来智慧的人看了就要不断地吃苍蝇、骂祖宗了。

名嘴，重要的是要管住嘴。我们曾经的教材里不少"名篇"，误导了几代人。

我很喜欢曾国藩的一句话："未来不迎，当下不杂，既往不恋。"希望"名嘴"们也喜欢。

004

一朋友手中有一白玉烟嘴，每每得意。前日，给我发一短信："烟嘴破碎，玉还在。"我复："为玉碎，值！"

孔子说：君子如玉。

玉何物也？温润。坚强。宁折不弯。洁白。有微瑕。有如此特征者，亦可称之为君子。

君子身上未必有玉件。

三国时，刘、关、张桃园结义，誓同生死，是玉质的诺言。梁祝"化蝶"，是对玉的向往。岳飞的"天日昭昭"、"还我河山"是玉的生死观。

有道："黄金有价玉无价"，这是君子之言。可如今，玉已沦为奢华之物，标有明确的货币价格，足见当下君子少了，或被隐于世。

我见过一个小老板，颈上、腰上、腕上、指上、裤兜里，都是玉件，并一块一块地拿出来明请教实炫耀地给大家看。我心里很苦，这种人戴的不是玉，是货币的数量。

005

如果我把《左传》改名叫《左丘明中短篇小说集》，肯定会遭到暴烈的鞭挞与横飞的板砖。

上学时，《古代文学史》言之凿凿："中国的小说自晋代的《搜神记》始。"我辈只能信之诺诺。不信不背无学分矣。当然，彼时也无力不信，生疑是近些年的事。

史家确定我国小说从《搜神记》开始，大概基于小说是虚构的产物。由是，虚构与非虚构是小说与纪实的分野。近年，读了巴别尔的《骑兵军》及欧美的一些非虚构小说，恍然醒悟。我们那些伟大、正确的史学家看到的天，实在不大啊。我曾做过教师，在给学生讲小说时，也大声豪气地说：小说的情节是虚构的，细节是真实的。这不知害了多少人。这里向被我害过的学生们鞠躬道歉。

再说说《左传》吧，《左传》真的没有虚构吗？我存疑。

在讨论文学的力量时，我更相信非虚构。

006

今夏闷热，夜里只得开窗户睡觉。

一日清晨，太阳还没出来，一只鸟落到我的窗台上叽叽喳喳地叫。那声音除了尖厉，没有旋律可言，不柔美也不铿锵，就是唯恐人们不知它的存在。我闭着眼，翻了个身，嘟囔一句："为了引起别人注意发出叫声的鸟，肯定不是好鸟。"

007

去广东出差，一个朋友送我一串手链，很雅致，很贵气。我问那位朋友：这是什么材质的？朋友清晰地告诉了我，我当时也记住了，是一种很名贵的材料，可回到北京就忘了，弄得我至今不敢戴那串手链，怕有人问我是什么材质的，暴露我的无知。手链在我的书柜里睡着，我的无知在心里藏着。

不敢暴露自己的无知，是对无知的认可。我若没有勇气再去问清楚那串手链的材质，那么，这一方面的无知就永远属于我。

008

又看到几首写"花开"的诗。女性诗人写的。

多年来，看到太多写"花开"的诗了，大多是青年女诗人所作，真是花放千姿，肆意流芳。

写"花开"本无可厚非，但许多作品是写性过程或性饥渴的情绪与现象，只是时间、地点、事件的浅表交待或虚拟、扭捏、暧昧的伪升华，没有进入诗本身，内容与情感割裂。这不是诗，是反文学的装腔作势。

写"花开"，应自如、自信，当然，以不失自我审判为好。即便写冲动的热烈，也要保留在公众面前的羞涩。"似"而不"是"，是诗歌的境界。

我是不是满身的酸腐气呀？对不起！在没找到什么灵丹妙药治疗我的酸腐气之前，还是让我自信地酸腐吧。曾有哲人说：不怕念起，只怕觉迟。我是反的：念未起，觉先到。

我觉得：不断地写"花开"，要么是"花"无处开，要么是每次"开"得都不满意。

十几年前，我读到过一首安歌的诗，其中几句我一直记得："我爱你/是大米爱老鼠/你不来吃/我就发芽/再不来吃/我就开花给别人看"。这几句诗的艺术价值几何，这里不讨论。我要说的是：这几句诗有着情感的创伤性经验，"花开"是为了炫爱，而不是炫"开"。

其实，能感动人的脏话，也是好诗。

009

天气闷热，心情也烦闷，很想找个通道释放。酒不敢喝了（胃切除了三分之二），我就鼓动自己写诗，要表现什么没想好，凭着语文经验就一行一行地写了。写完我发给一个朋友，问：此诗如何？朋友回了两个字："装怪。"我猛地觉得这两个字恰切。没筹划好要表现什么，却要用一行一行的文字当诗，这是装，装腔作势的装。前言不搭后语，意象、具象纷乱，这是怪，怪模怪样的怪。

此诗改过三次，最终被扔进废纸篓里。"诗改三遍始心安"，是指本质上是诗的文字。用烹制红烧肉的方法烹制土豆，无论外表和味道怎样接近红烧肉，根本上还是装怪。

010

孟子是个大散文家。我说的孟子是"孔孟之道"中的孟轲。

孟子的散文气象浩大，淋漓磅礴，充分表现了孟先生的文化修养和个人的精神力量。开合有致，雄辩时刀刀见血、枪枪不离咽喉。当下的许多散文家应该羞愧。

如果孟子没有那么汹涌的政治抱负，没有那么多的杀伐之念，能静下心来写散文、写诗，他的文学成就将比屈原先生大得多。当然，这是反常识的。现实生活尚不能假设，况历史乎。

孟子为什么倾心于政治？是时代需要吗？我看未必。那么多国王都是用嘴捧他，用实物供他，就是不听他的"治国方略"，足见他的理论在那个时代不合适。

我认为孟子有政治狂想症，他这样一个有文化修养的人，讲学著述都会自得其乐，偏要和政治接轨，结果是满腹兵器，也只能"荷戟独彷徨"。

把心思放在政治前途上，就得绞尽脑汁去"治"，若专心写散文、写诗就会时时刻刻地想着爱。

惜乎！孟大散文家。

011

魏晋时期多文人闲士，但有骨气的不多。名冠天下的曹植，不过是用八斗之才作了一首"七步诗"，救了自己一条小命，让诗歌的社会功能发挥到了极致。当然，我绝不相信那首"七步诗"是现场即兴所作，他怕被"煎"的情绪已经酝酿好几年了。

我很欣赏晋代的陆机，他在面对死亡时的从容、淡定，显示出了文人的风骨。司马颖要杀陆机，便写一纸密令给牵秀，牵秀率兵到了陆机的营中，陆机知道是来杀他的："秀兵至，机释戎服，着白帢，与秀相见，神色自若"。临死之前，首先把军装脱了，换上文人的服饰，要以一个文人的身份去死。这既是对司马氏的嘲讽，也给天下文人树立了榜样。

有人这样评价陆机的换装："白帢乃清简之物，陆机着白帢，是以明志，表明自己一身清正，一片冰心。"

曹丕不杀曹植，绝不是因为那首"七步诗"，有几个政治家会被一首诗感动？曹丕是觉得文人都是软骨头，成不了大事。

012

第二遍读"四书五经"等儒家经典时，就像洗澡一样，把身体上犄角旮旯里的污垢找出来，搓掉，很是神清气爽。这样说，可能有些大不敬。

儒家文化对中华民族贡献之巨大是毋庸置疑的，被奉为经典是实至名归的。但是，从事文学创作的人，一定要警惕，儒家思想里的等级秩序、伦理道德等礼教，都是让人墨守成规、亦步亦趋的，是在压制人的想象力。想象力受压，创造力必匮乏。

由是，我想到了我国现当代的小说，有的沦为政治工具，有的一心要成为社会伦理道德的评判准绳，有的只是轻浅地娱乐大众。近些年，又大有成为赚钱机器的趋势。我姑妄言：现当代中国的小说对中国文学的发展贡献实在是有限。当然，我也不能说，现当代小说家读"四书五经"读得没有了想象力。

相对地说，诗人的想象力很难受到限制（混在诗人队伍里的伪诗人除外），除了诗人先天的不羁性格外，真正的诗歌很少成为"载道"的工具。

"四书五经"一定要读，也一定要搓掉它的泥巴。

013

到某地出差，想起当地一老朋友多年未见，也无音信，便问身边当地的友人："某某近来怎样啊？"

友人说："这哥们儿几年不出门，电话也很少接，什么活动也不参加。我们几个约他出来喝茶、晒太阳，他都不出来，说是在家写东西。"

听罢，我就给那个朋友打了一个电话。半晌，他接了。我说："我是商震，昨天来的，你要不要出来见一下？"

他犹豫了一会儿："我这些年也没写出啥好东西，有点羞于见人。这次我就不出去了，下次吧。"

我接着说："你小子天天闷在家里，连太阳都不晒，小心身上长蘑菇。"

他笑了，身旁的友人也笑了。

几年不出门，就是几年不沾人间烟火气，能写出好东西吗？我怀疑。闷在家里写诗，可能会写出庄严的道德立场，不会写出鲜活的生活现场。诗歌离开了鲜活，就只剩僵滞的文字了。

014

又有几个写诗的朋友练毛笔字，并寄来给我看，我真是欣喜过望。

用毛笔写字原本就是诗人的基本能力，就像吃饭要会使筷子一样。时代的发展，使社会分工过快，诗人仅会写诗，用毛笔写字的成了书法家。

古时，所谓"才子"，一定是诗人，而诗人必备的几样功夫是：刃、酒、琴、棋、诗、书、画。现在这七项，已经是七种职业了（也造就了这七种"产业工人"）。这七项，现在的诗人会几项？我觉得，未必都样样操作，但样样了解是应该的，了解、认识这些是借力，借力意在得巧，而非使用。

唉，我常讥讽好为人师的人，这不，我就好为人师啦。人的弱点之一，就是评判别人容易评判自己难。

文房四宝中，诗人最像笔，毛笔的特点是：尖、圆、齐、健。这四项内容矛盾着也协作着，有对立但不可分。笔之心，当有万般风云。

好的笔，腰的弹性要好，要健，只对纸墨鞠躬。腰挺住，笔锋就能立住。笔锋立，墨就实，气就贯。字好不好看，是后人去说的事。

这不是诗人吗？

015

我很钦佩管仲这个人，但不喜欢。钦佩和喜欢本来就是两回事。

管仲用带钩的箭射杀小白（即后来的齐桓公）时，是那样的勇猛、坚定、正义。但管仲的射术不精，一箭射到小白的腰带上，小白没死并将自己的哥哥纠弄死，小白就成了齐国国王——齐桓公。

齐桓公有志向，要称霸，鲍叔牙就推荐他的发小哥们儿管仲。其实，齐桓公一直是想报一箭之仇的，但管仲跑到鲁国去了，现在鲍叔牙又要推荐管仲来辅佐他，他略一沉思就答应了。齐桓公是政治家，无论敌友只要能为我称霸出力，都用。管仲开始还害怕，见小白的政治野心很大，就放心了，使出浑身的解数来帮。齐桓公称霸了，管仲也是第一功臣，功名利禄俱获。

我不明白的是，管仲的情感是怎么突然转变的。保公子纠与小白死拼，令我赞叹不已，可怎么一转脸就成了小白的铁杆？管仲是什么人呢？他过去对公子纠付出的情感可信吗？帮齐桓公建霸业是不是也在完成自己的功名？结论只有一个，管仲是有文化的政治家。政治家和政治家合作，一定是交换。

三国时，人们骂吕布是"三姓家奴"，管仲不是三姓吗？公子纠、鲁国、齐桓公。

有个自比管仲的人，叫诸葛亮，但他对刘备是忠贞不贰的。

016

读一篇闲文，《世说新语》载："郝隆七月七日，出日中仰卧，人问其故，曰：我晒书。"此郝隆君虽有卖弄炫耀之嫌，但也足够引起我羡慕嫉妒恨了。

我也算读书人，家中藏书亦是几千册。但与郝隆比，真是羞愧难当。我的书一部分是工具书，一部分是"学以致用"的书，一部分是买来摆在书架上装潢的，或者告诉自己这本书我有了，有而已。我肚里那点为了用而读的书，敢在光天化日之下露出肚皮晒吗？尽管我很瘦，露出来的赘肉也肯定比书多。

读书如吃饭，有人长赘肉，有人长力量。我是两样都不多，空费了许多粮食。

一位老师告诉我：读十万字可写一万字。我试过，不灵。后读百万字写一万字，方有几分自信。

017

近年常用毛笔写字。我不懂书法，只是"光屁股撵贼——胆大不怕害臊"。或者，我觉得会用毛笔写字应是一个诗人必备的能力。

常写，有时就琢磨着怎样写好，怎样能尽量地对得起观众。于是，读了大量的名帖，也读当下书法名家的作品。读着读着，我发现装扮成书法家的人大大多于真书法家，比装扮成诗人的人还多。有些书法家我看就是个优秀的印刷工，有技术，没创造。

018

我们一队作家到西南某地采风，大伙儿就谈起当地的一位曾被瞩目的作家。知情者说："他现在入了某某教，而且入道很深，张口闭口全是传教布道，根本不看文学类的书，一个字也不写了。"

大伙儿一阵唏嘘。

接着，舒婷就给我们讲故事。她说："一群作家在开笔会，夏天嘛天热，男士们就光着膀子。一个作家就对另一个作家说：我会发功，很是了得，你要不要试试？那人说：你试试吧。接着，说是会发功的人说：我去洗洗手，回来就给你发功。他去洗了洗手，在指尖上蘸了些清凉油，在另一作家的背上点了几下，紧接着做发功状，高喊：凉！被发功的人一下子跳起来说：你真会发功啊！我后背一下子就凉起来了。"

我们大伙儿笑得前仰后合。

019

因经常出差，我把读书的时间大多放在飞机、火车上，放在外地的宾馆里，这些工作的途中和暂停的时间，用来读书很是惬意。唯一的憾事就是常把书丢在飞机、火车和宾馆里，有时一本书我要买回来三次才能读完。读什么书？旧书。年轻时读过，那时摸高不够，未得精髓，读得不细，义理或细节无法串联。时日旷久，现今已模糊不清。

最近买了一套口袋书，小开本，可装入衣袋，免去了许多丢书之苦。这套书够老旧的了。《诗经》《论语》《左传》《离骚》等等。读这些书真正体会到了"温故而知新"。

这两天读《论语》。子曰："君子周而不比，小人比而不周。"读罢此句，心里苦笑。几千年了，"君子"与"小人"之分没有丝毫的变化。

现在，我把这十二个字按我的理解翻译一下：襟怀磊落的人，是以忠诚、信誉和遵守社会公德来团结人并结成兄弟伙来做事，绝不做以饱私利为条件的交换，这样的人会长久地受大家的尊重；卑琐阴暗的人，以牟私利、损公德来相互勾结，不利己不做事，做了损人利己的事会自鸣得意，认为别人不会察觉，或自己不看别人对他的鄙视，这些人，只是阶段性地合伙做事，绝无忠义的团结。

孔夫子忘了交代一句，我给补上吧："君子"常隐身，"小人"常显形。

020

祖上有遗训："半部《论语》治天下。"

想"治天下"的人读"半部"就够了，像我这样只读字词句章的人，把整部《论语》读完了，也没看出"治天下"的道道儿来。孔夫子说了很多"齐家治国平天下"的道理，却对文学创作说得不多。那么，是不是在"治国平天下"这件事上文学创作并不重要呢？

如果这样认定，似乎对孔老师有失公允，他老人家虽然对文学方面说得不多，但说起来也是一句顶一万句的。比如："诗三百，一言以蔽之曰：思无邪。"多精辟，多确定。后世无人批《诗经》，再批就是反孔圣人，反"仁义礼智信"的儒家思想。孔老师说得最好的关于文学创作的话，是下面这一句："质胜文则野，文胜质则史。文质彬彬，然后君子。"

这句话对文学创作提出了近乎苛刻的要求，文章的内容与形式的关系应该是"文质彬彬"。现在，很多人写文章是"文胜质"，生活不真实，情感不真切，却能写得绚烂、宏大，像一件豪华、昂贵的服装穿在稻草人身上。

孔老师要求写文章要像做君子，表里如一，内外和谐。两千多年了，其难甚矣。

021

劝我戒烟的人很多，都是至爱亲朋。尤其是现在，公共场合不让抽烟，许多场合也都受限，我还真犹豫了。

五十多岁了，说了多少错话，办了多少离谱的事，做了多少主观臆想的判断，真是无法统计。但有些错了的事对人生的发展脉络无大碍，有些事会让你一生耿耿纠结。闲时总结一下，觉得很多错误是可以避免的，只是当时没有控制好。于是，就给自己的后半生下警戒：遇到什么事都不要急着反应，不要在第一时间里下结论。事情来了，无论多急，先自己稳住，抽口烟，让自己淡定、从容，很多事情可能就是在抽口烟这样一个顿挫里发生了改变。

由是，窃以为有多年抽烟习惯的人可以不戒，烟在反应问题时的缓冲作用、解压作用我是大受裨益的。

这当然是我个人的经验。不会抽烟的朋友自有自己的解压方式，有道是"鸡鸭不撒尿，自己另有道"。

022

去陕西安康参加一个诗歌活动，西安落地后要乘几个小时的大巴车。我一上车，看到山东的诗人路也正和车上的人笑论。我坐到路也的后排，路也回头说："商震，你是白羊座的吧？"我反应了一下，说："我是毛驴座。"大家哄笑。

我知道路也在传星座之道，便喊："路也，坐我这儿来。"路也坐过来后，大谈星座之科学，大有懂了星座便无事不晓之意。我义正辞严地反驳。我受唯物主义教育几十年，不可能让她几句不被认可的理论轻易地消解。可她坚定，柔里带刚地坚定。我会信星座吗？我还真得问问自己。

人生似乎是有上天安排好的程序在运行，按部就班，完成人生一世，草木一秋。如果没按程序正常运行，一定是遇到了病毒，改变了方向。甚而断定，病毒也是上天安排的。

我理性地认为，天命论是不可靠的，既然上天安排好了一切，我们还有必要付出各种努力吗？我暗忖：也许上天的安排只是预设，而且预设了上中下几个结果，由后天的努力程度来决定你的结果。

按上天安排的程序运行时，如操作出色或出格，就会遇到病毒，就会有意料之外。

病毒，未必是要强力查杀的东西。河流遇到山、石会改变流向，山、石就是病毒。

一次，在一个露天的会场上开一个无聊的会，我就溜到最后面去抽烟，一会儿就聚拢来几个烟民。抽烟是打发无聊。这时，一个烟民拿出手机说："我这手机能算命，有抽签、测字，你们来来。"

我们每个人都按程序做了一遍，大家觉得更无聊。何也？手机里这套算命的程序没设置病毒。

023

因陪小女儿读书，租住在亮马河畔。夏日晚饭罢，踱步河边。河水已不多，河道里荒草茂密，还有成阵的青蛙猛烈地叫。

一对青年男女站在河边，对话。

女："青蛙为什么这么使劲儿地叫?"

男："求偶吧?"

女："不对。是散热。"

他们继续探讨，我走开了，心想：他们答得都对，求偶也是为了散热。

去深圳公干，中午实在不想吃那个官样的大圆桌的酒饭，就事先避开他人，给王小妮打个电话，要求她和敬亚来接我。

四十分钟后，敬亚、小妮来了，我理直气壮地跟他们走了。上了车，敬亚拧开车钥匙门问我："去哪儿?"我说："找个地方吃碗面。"他俩都会心地笑了。敬亚说："我真心疼你天天坐在那个不自在的桌子上啊。"小妮更过分地说："其实，你就是坐在那种桌子上，也不像领导，诗人装什么都装不像。"

我和敬亚每人吃了一大碗炸酱面，小妮吃生煎包。我和敬亚吃得快，就到门口抽烟、聊天。我忽然觉得敬亚实在是长得年轻，1949年出生的人，竟看不出比我老，我问其故。他洋洋得意："功名利禄全不想，最重要的是夫妻感情好，双方面对时都是白纸。心不累，就抗老。"

我想起亮马河里的青蛙，如果每一只青蛙都有一个如意伴侣，早就钻进荒草丛里恩爱去了，何必在那儿扯着脖子声嘶力竭满身大汗地喊。

唉，心静自然凉。

024

到"鲁院"给几个青年诗人开研讨会，说实话，这几个诗人的作品还真是当下优秀之作。但我一开口就说："我是来挑毛病的。"接着，就一个一个地批评过去，估计这几位听了都不太高兴。

研讨会嘛，就是要说"好。真好。确实好"。而我生来就不会伪抒情。我的职业是编辑，编辑就是从桌上的一大堆稿子里，把有大毛病的一篇一篇地挑出去，剩下有小毛病的留下刊发。有没有完美无缺的作品？也许、大概、可能有；但没有完美无缺的编辑。

无论作品还是人，至粹无瑕仅是理想化的概念。

再说，当下人评说当下的作品肯定带有局限。几个当下的评论家、编辑说某人某篇好，即使不含任何"盘外招"也未必是真好。金子要淘洗，作品要经过时间的冶炼。

前年，一个朋友和我说：今年所有"年选"都有某人的名字，却实在看不出其作品的好。我心亦然，只能一笑。

有人希望自己的作品能永垂不朽，便把作品雕刻在金属、石头上，或找大评论家、编辑甚至官员来誉美，我认为这是在自欺欺人。

自欺欺人是自己给自己挖的陷阱。

025

明末清初时有一个人，学识、襟怀、勇气堪称独冠，此人乃黄宗羲也。

黄宗羲是明末的大知识分子，还是个军事家。清军入关后，他官至左副都御史，为反清复明辗转斗争，清政府曾悬赏四处缉拿他。直到1661年明朝流亡的永历帝在缅甸被捉，反清的战火才算熄灭。而此时，黄宗羲已年过半百。他改头换面、隐姓埋名，回到浙江老家侍奉老母亲。若黄宗羲至此便在人间化为无影，会让后世生出许多猜测和更多的敬重。

但黄宗羲觉得自己这满腹经纶和一腔热血还没释放完，就著书立说。他先写了一本《留书》。何曰《留书》？乃留给后人看的书。如此，我认为黄宗羲是为天地立心，为生民立道。可后来，他又写了《明夷待访录》，我就大为矛盾：你的主子已被灭，你效忠的明朝已被清朝取代，你还待谁来访？等清朝的皇帝康熙吗？

《明夷待访录》是一部治国大纲，政治、经济、军事、文化、教育等等无所不有，书中体现的是黄宗羲的才智和理想。当他取名《明夷待访录》时，就充分地表现了知识分子的弱点：像小妾，待人宠。

"明夷"来自《周易》卦名，六爻八卦我不懂，不敢妄言。只知《易·明夷》有"箕子之明夷"。"待访"是等待明主圣君来访并采用，也会"如箕子之见访"。这是一段故事。

箕子是商纣王的大臣，曾因劝谏纣王被纣王囚禁。周灭商后，周武王释放箕子，并亲自拜访，请教治国之策。

到此，黄宗羲的《明夷待访录》要干什么就昭然若揭了。

"生是某某人，死是某某鬼"，这句话最初应是知识分子说的，最后执行起来，恐怕知识分子的比例不会高。

有知识，没有挺拔的脊梁，就会发生满腹诗文，毕竟斯文扫地的事。

两年前，在扬州采风，报社记者来采访，问我对扬州的印象。我说："扬州是可以成仙的地方。"接着，我说了扬州文化积淀之深厚，人在这里是如何的神思邈远。结果，文章发出来，题目是：《商震：扬州是让我成仙的地方》。前些日子，梁平兄寄来一张风光照片：莲花湖，嘱我为其配诗。我的第一行是："这里，是我成仙的地方"。此一文、一诗均在网上。

一日，一朋友来短信："扬州是你成仙的地方，莲花湖也是你成仙的地方，你是妖怪呀。"我答："有妖的地方，就能成仙。"

世上果有妖乎？当然有。但不是《西游记》里描写的青面獠牙、牛头马面的样子。妖是无形的，是"情血栓"，是心的影子，是豁出性命也难治愈的病。

妖在暗处，现实生活中摸不到或不敢碰触。妖有时是精神的，有时要落实到肉体上。诸君可去查体、自查。若体内无妖，也不必到医院找大夫啦。

我希望成仙，但"希望"一词基本上是用来骗自己的。

我无法驱走心底的妖。

诗人王燕生先生去世，有近二百人自发地去殡仪馆给王先生送行。王先生百日追思会亦有百人主动前来。我欣慰。大家不仅是对王燕生先生的热爱，还有对诗人、诗歌的热爱与尊重。一个对诗人、诗歌尊重的民族，是有文明前景的民族。

有人说：诗人爱扎堆儿，盖因数量少。我觉得此言欠虑。诗人见面三言两语便如故交，是诗人心底干净，至少诗人见诗人时是如此。我这般说，并不是说不是诗人就不干净，此概念是不可偷换的。

这些年，诗人的数量增多且质量普遍提高，其中因素诸多，最重要的是现在的诗人起点高了，从认识到心灵更纯净了。

一位希腊哲学家说：有花儿开的地方就会有诗人。那么，现在的生活已是"十步之内，必有芳草"。诗人呢？百步之内应有一二吧。

读《曹刿论战》，为曹刿幸福着。为臣为将者，能被君主、决策者信任，而且君主放弃自己的主张，对臣属言听计从，不易。历史上这样的事儿，有，但都没有曹先生幸福指数这么高。还有一个幸福指数高的是诸葛亮，刘备也对他言听计从，只有一次没听，就遭到"火烧连营"，羞死白帝城。刘备是糊涂一时啊。

人都有糊涂一时的时候，但有些关键时刻的糊涂会致命。尤其在用人，关键位置的关键人，能决定全局成败。

说到"三国"，就想到一个人——马谡。这个马秀才，比曹刿先生小九百岁。马秀才自称饱读诗书、韬略满腹，天文地理、兵书战策无所不晓，请命去守街亭，他用课本里的高谈阔论去解决具体问题，结果把街亭丢了，导致蜀军大溃败。我觉得，马谡是"应试教育"的优等生，可以夸夸其谈，办起事来就水裆尿裤。

决策者旗下战将若是曹刿，其幸莫大焉。如果旗下是马谡，那还要找诸葛亮学学怎样摆"空城计"弄险。

因了陶渊明先生的《桃花源记》，去桃源县游览"桃花源"。究竟有没有"桃花源"？这个问题就像问有没有神仙和妖怪一样，说有者必有，说没有者必没有。

桃源县的人乃至湖南省的人都一口咬定："桃花源就在湖南桃源县。"

我也希望有个"桃花源"。陶渊明先生设定了个理想国，我应该去看看甚至想我为什么不可以设定一个呢？理想国是生活的动力，主要是能洗去纷乱和疲惫。人人都有个理想国，将何其幸甚。

理想国是种"不知有汉"的慢生活。传说中的神仙过的都是慢生活。"天上一日，地上一年"，"洞中方七日，世上已千年"，这种慢是宁静，而强大的力量都是来自静穆。

我曾试想躲到一个地方，没电视、电脑、电话，关掉手机，一包茶、一把琴、一本闲书地过几天宁静的日子，但也只是想想，无法实现。不是我做不到，是我已被红尘染透。

我走到桃源县的"桃花源"洞口，有几位抬滑竿的师傅在叫卖生意："坐滑竿吧，三十元到世外桃源。"我看着他们，就笑了。三十元就能去的桃花源，肯定不在世外。还有，理想国是不能用钱买的。

030

找不到北了。四个诗人在一起找不到北，这是真的。

在青海贵德黄河边，白天在桥上看，黄河水清澈碧绿，流速湍急。夜晚，皓月当空，繁星满天。看到这透亮的黄河水，我怀疑曾受到的教育：黄河是"一碗水，半碗泥"。这里的黄河，可以清晰地看到河底的石头。

都说中华文化就是一条长河，我想过不敢说的是：我们的文化就是一碗水半碗泥？当我看到这么清亮的黄河，方悟：我们的文化原本是源清流正的，只是中途有些支流强行加入主流，才使得河水浑浊不堪、泥沙俱下。

在贵德这个夜晚，我们四个诗人在黄河边找北，结果找到了荒谬。

韩东和胡茗茗在河边找北斗星，各执一见，我和孙磊加入，也各执一见。

孙磊说这组是北斗星，你们看那颗亮晶晶的星不是北极星吗？而我们看到的是漫天亮晶晶的星。

我调侃地指着头顶上方的一颗亮晶晶的星说：这颗是北极星，上北下南嘛！大家笑。

孙磊说：这个建筑（对不起，我忘了这座当下人的仿古建筑的名字），应该是坐南朝北的，北应该在这边。

我说：不对，月亮正照着大门，此时，月亮应该在西边，月亮是从西边出来的嘛！

大家稍一静默，接着就是一阵狂笑。

翌日早餐，韩东、孙磊和我坐在一桌，相视而笑。唐晓渡、欧阳江河问我们所笑者何。韩东说：昨晚我们在青海的天空找到了四组北斗星，月亮是从西边出来的，黄河水是清的。

唐晓渡、欧阳江河听到有这等反常识的论调，立刻像扎了兴奋剂一样准备给我们普及天文知识。

韩东说：我是在写诗。这两个理论家不无失望地和我们一起吃着一样的早餐。

031

"失街亭"是诸葛亮军事、政治生涯的转折点。诸葛亮一生谨慎，怎么会犯这么大的错误呢？不是他看错了人，是被马谡给蒙了。

马谡貌似兵书战策无所不知，天文地理无所不晓，讲起话来夸夸其谈。其实，马谡是个只读目录和梗概的人，唯一长处是强记。刘备没被马谡忽悠，是因为刘备文化不高，只看实际能力，而诸葛亮有文化，喜欢文化人。当官的暴露喜好，就是暴露软肋。于是，马谡成了参军。诸葛亮每做一项决策，马谡都会做一番有条有理的具体分析，来证明诸葛亮这项决策的英明伟大。长此以往，诸葛亮的谨慎对马谡就有些松动。当官的，最喜欢的事是有人崇拜、热爱，若得到马谡等有见识、有声望的人的崇拜和热爱，就更有说服力了，更会洋洋自得了。再说，街亭是弹丸之地，钉个木桩都可能把司马懿吓跑，何况去的是个懂兵法的参军。

马谡没有真学识，没有真学识的人都想证明自己有学识，就表现得像刚愎自用，其实是不着调的胡来。结果怎样大家都知道了，诸葛亮不能杀自己，就把马谡杀了。

古往今来，马谡者太多，不信你就往身边看。老百姓身边有个马谡，不过是茶余饭罢有了谈资，而决策者身边有马谡，百姓就得收拾好行囊，随时准备迁徙。

032

现代文明很大程度上体现在科技的进步上，也就是技术的发达。技术能力作用在自然环境上，是进步性的开发，也是灭绝性的破坏。我们常说创造力与破坏力同在，是否有利于社会，就看怎样把握创造与破坏的比例。

诗歌写作也是一样。

前些日子，一个朋友给我一些诗歌，我看了就皱眉头。意象之密，技术手段之全，一首诗就可以开个技术博览会。技术手段用得过密，看上去很新奇，但几乎把诗意破坏殆尽。一首诗从你的笔记本走出来，就是要给人读的，是要传达艺术感染力的，达不到感染人的效果，这首诗就失败了。当然，我指的是好诗。至于众口难调，则是另外一回事了。

由是，我又想到了我们的评论家们。好多评论文章洋洋洒洒都是在卖弄术语，或可称为技术手段大观，这些文字只对一部（首）作品进行技术拆解，绝不谈优劣，不谈文学创造与艺术性。让我生出感悟：技术有时是遮羞布，有时是妓女立的贞节牌坊。

我觉得，诗意能顺畅表达时，最好就别去用技术手段。"妆罢低声问夫婿,画眉深浅入时无",既直接又朴素,更能直抵心底。

其实,好作家(诗人),技术手段早已溶解在朴素之中了。

033

一个小兄弟写了一首诗,亢奋地给我打电话,要在电话里给我朗诵。恰巧,我正和几个外地的朋友谈事情,我就简短地说:发邮箱吧。这个兄弟等不及开电脑,就用手机以短信的形式把那首诗发给我了。

所谓好兄弟,就是在第一时间把自己的喜怒哀乐告诉你;好诗人,就是能为一次写作的完成而得意忘形。

第二天,这兄弟给我打电话,问:诗如何?我答:不是好诗。接下来无声,挂电话。让这兄弟兴奋的是诗中的一句:"不爱烈酒和美女的人,绝不是正人君子"。我本想告诉他,这是常识,不是诗。

近两年,我常在各种场合借用一位诗人的句子:"我只能用我的灵魂挡住我的身体"。这是诗人大解在他的寓言集《傻子寓言》中的一句。

034

　　明代的人，都不大敢说真话，尤其是已有些身份的人。

　　王阳明是个例外。他敢抨击时政，敢公开和"程朱理学"作对。明代中叶，贫富分化严重，政府的公信力已经严重危机，官府和百姓之间的矛盾已经白热化，时有农民起义发生。王阳明站在统治阶级的立场上，一方面镇压农民起义，一方面高呼"破山中贼易，破心中贼难"。这"心中贼"就是指政府的贪官污吏，就是遍布社会上层的反老百姓的欲念。

　　这种"破心中贼难"的观点很多人都懂，就是不明说、不抵制，而且是齐心合力一起贪腐，表现出一种誓把明朝弄垮的决心。

　　王阳明公然说了也做了，但杯水车薪。继而，他想身外无物，想躲避真实的自己。他的短文《南镇观花》，解读的版本很多，但都认为是他"心外无物"的论断，是贝克莱哲学中的"存在即为被感知"。从理性上说，这些解读应该是可以接受的，且几百年都是这么认可的，我也不敢冒天下之大不韪。但若唯其如此别无他说，那也把王阳明先生看得太简单了。

我肯定王阳明不是乌托邦的"单面人"。一个人，一个有思想的人，一定是个复杂经验的综合体。所以，我认为《南镇观花》不仅是哲学的，更是对人间烟火、花鸟鱼虫的艳羡与隐忍。且看全文："先生游南镇，一友指岩中花树问曰：天下无心外之物。如此花树，在深山中自开自落，于我心亦何相关？先生曰：你未看此花时，此花与汝心同归于寂。你来看此花时，则此花颜色一时明白起来。便知此花不在你的心外。"我的解读是：当你知道那些鲜艳可爱的花草在山中开着时，你心中的花也开了，看你有没有能力、愿不愿意感知它，享受它。

唉，是不是对阳明先生大不敬了？区区可深躬，不言得罪。

035

看到一组爱情诗，一个朋友问我：这组诗好不好？我看了看，说：不好。忸怩作态，只注意词语的绚烂，不坦诚地表露真情，词语的游戏而已。爱是神圣的，当神圣性不在时，必然会坠入世俗化的语境中。穿着华丽外衣的，常常是肥皂泡。

爱情诗大概是诗歌品种里产生最早的，但一直都少见精品。当下的所谓爱情诗，我看不出来是仅为了写一首诗而借用爱情，还是为了向所爱的人表达情感而借用诗歌。因为，过于膨胀和夸张，弄巧或装扮，其真实性就显得可疑。不仅是爱情诗，那些宏大题材的作品，更是如此。

我觉得爱情诗一定要实，要传达到你要传达的地方，要延长接受对象的感受时间，要增加接受对象的情感难度。当然了，按教材的说法，爱情诗亦可分两种：一种是流氓型（单相思）的，即：我爱你、想你，不管你爱不爱我、想不想我。另一种是呼应型，是互倾心境。我们看到的作品大多是单相思的。

我想讲两个故事。一个是《西厢记》里，张生夜半偷看莺莺小姐烧香，春心荡漾，随即吟诗一首："月色溶溶夜，花阴寂寂春。如何临皓魄，不见月中人？"莺莺也正是花期盎然，随即和了一首："兰闺久寂寞，无事度芳春。料得行吟者，应怜长叹人。"这对鸳鸯就因为这两首好诗而成了千古绝唱。

还有一首是挽救爱情的诗。曾令阿娇重金买赋的司马相如到京城当官了，就想换个老婆，可又不好意思开口，拖了五年给卓文君写了一封信，只是一些数字："一、二、三、四、五、六、七、八、九、十、百、千、万。"这十三个数字的家书，卓文君反复看，明白丈夫的意思了，数字中无"亿"，表明已对她无"意"。卓文君知其心变，悲愤之中就用这数字写了一首诗：

　　一别之后，两地相思，说的是三四月，却谁知是五六年。七弦琴无心弹，八行书无可传，九连环从中折断。十里长亭望眼欲穿。百般思，千般念，万般无奈把郎怨。

　　万语千言道不尽，百无聊赖十凭栏。重九登高看孤雁，八月中秋月圆人不圆。七月半烧香秉烛问苍天，六月伏天人人摇扇我心寒，五月榴花如火偏遇阵阵冷雨浇花端，四月枇杷黄，我欲对镜心意乱。忽匆匆，三月桃花随流水；飘零零，二月风筝线儿断。噫！郎呀郎，巴不得下一世你为女来我为男。

　　司马相如对这首用数字连成的诗，越看越羞愧，觉得对不起对自己一片痴情的妻子，终于用驷马高车亲自把卓文君接往长安。

　　如果说诗歌的社会功用，爱情诗表现得是十分突出的。敢爱，能写，会写（有感染力），何愁不让爱人动心动容，何愁不被我等叫好。

近些年，明朝的事被折腾来折腾去，文学、社会学、历史学各个行当都在折腾，何也？老百姓爱听爱看矣。老百姓未必都在读文学、社会学、历史学，他们在读当下，从明朝看当下。当下人读史都是在读当下。明朝和封建社会的其他王朝有些区别，但从建国到灭亡的过程大致一样。

我眼中的明朝是这样的：

朱元璋值得佩服不值得热爱，一个平民出身的人，有勇气、有胆识，敢想自己要黄袍加身并以自身的能力实施成功，确实令人赞叹、佩服。天下能有几个人真正实现好梦成真？朱元璋成功了。但，朱家十几代人一直没养成胸怀天下的帝王之气。无天下担当，又内部争斗频发，官宦们骄奢淫逸，贪腐成风，视百姓如草芥。最典型的是那个万历皇帝，让一个妃子摆布得无所适从。没有天下百姓的皇朝必然被天下百姓抛弃。王族贵胄，先要乐尽天下之乐，这是一定的，百姓也是无力阻挡的，但心里不能没有百姓之忧。全无百姓之忧，百姓们就只有给他们带来更大、更彻底的忧。明朝到了万历之后，气数就基本尽了，大踏步地向灭亡前进。明朝，是自己的皇族、官宦们消灭了自己的王朝政权。当然，任何一个王朝的覆灭，都是自己把自己葬送的。

今天，老百姓读明朝那些事，不就是希望正在腐败着的官员们也读读明朝史，能"以史为镜"吗？

037

我们的祖先，对人及事的判断比较简单，就两个字：善。恶。也就是说，人事繁复，无非善恶。所以有"人之初，性本善"，或"人之初，性本恶"。

我认为这两个观点都对。人之初嘛，不知善恶为何物，接受了善的教育，就是性本善；接受了恶的教育，就是性本恶。也有说人是"善恶混"的。比如汉朝的扬雄便是如是说的代表。公说婆说还是媳妇说都有道理，都能自圆其说，但也都不是无懈可击。重要的是性善、性恶、善恶混的争论，彻底地确定了我大汉民族对人与事的价值判断标准是：善或者恶。接下来，我们就要问：是谁的"善"与谁的"恶"了。妖怪们以吃到唐僧肉为"大善"，孙悟空以不让妖怪吃到唐僧肉为"大善"。妖有妖的"善"，猴有猴的"善"。

我肯定地认为，中国人的"善"，还是约定俗成的儒家思想，即：仁义礼智信，忠孝廉耻，温良恭俭让。有悖于这些内容的，就是"恶"。

我是个喜欢把复杂问题简单化处理的人，对善对恶的态度也只表现成两个字：爱，或者憎。看一个人，是爱善还是爱恶，大概就是判断这是个善人还是恶人的分水岭。

当然了，仁义礼智信等等这些教义，不是法律，所以，有人可以大大方方地背道而驰。

038

与太太吵架，吵着吵着，太太就总结："咱俩肯定是要吵架的。因为我爱看《红楼梦》，你爱看《水浒传》。"我一听，乐了。哦，夫妻吵架是两本小说惹的祸。这架是吵不下去了。

风停雨住后一想，我太太说了一个常识：喜爱什么，往往是由个人价值观决定的。

我真不喜欢悲悲切切、凄凄哀哀、梨花带雨，所以，至今我也没整本地读完《红楼梦》，但我也未必喜欢打打杀杀。《水浒传》我读了几遍，从中悟出的是：

政府昏庸贫弱，乱了纲常秩序，贪腐成风，失去了世道人心。而老百姓的生活，除了吃饱穿暖外，还需要一个有伦理秩序的社会。毕竟，我们这个民族是用儒家思想喂养大的。在政府无力保证生活秩序的时候，梁山泊的一股反政府武装举起了"忠孝仁义"的伦理大旗，他们杀贪官（也滥杀无辜）、劫州府，进城就张贴安民告示：反贪官不反皇帝。所以，百姓就称他们为"梁山好汉"。作家施耐庵同志也就大胆地把一些杀人犯、抢劫犯、小偷、渎职官员等等，都写得伟岸、豪迈，连李逵在开封滥杀无辜时，施作家也不禁为之叫喊"过瘾，过瘾"。

施同志为了给好汉们脱罪，在好汉们开杀前要先说是"怒从心头起，恶向胆边生"，看看，是"怒"让"胆"生恶，不关好汉们的事。李逵杀人也是因为"嘴里都淡出鸟来了"。不用怀疑，施作家的立场是站在"梁山好汉"一边的。

《水浒传》里没有爱情，有点男女之事也大多是奸情。《红楼梦》不同，有实实在在的奸情，也有生生死死、虚虚幻幻的爱情。如我太太等的女先生们爱读《红楼梦》，大抵是喜欢生活得虚虚幻幻的。

当然，"红学家"们读《红楼梦》是不虚幻的，他（她）们一是要靠这本书养家糊口、养老送终，二是他

（她）们一定不把《红楼梦》当小说研究，要给曹雪芹命名为政治家、哲学家、史学家、经济学家、社会学家、佛学家、道学家，他（她）们根本就不知道曹雪芹的真实身份是——作家。

《红楼梦》和《水浒传》一定要吵架？余以为，此言有谬。我想若把梁山泊这一百单八将都迁到贾府里居住，两伙人估计不会吵架，若再听见吵架声，很可能是门口那两个石狮子在吵。

039

前一段时间，不知怎么就想再读读《西游记》。读着读着我就想，当下图书市场热卖的是谍战小说，电视里热播的是谍战剧，如果吴承恩先生那时设计一下，把这个取经队伍里安排一个内奸，这个内奸一路把唐僧的行踪卖给各路妖怪，让孙猴子一边打妖精一边抓内鬼，让八戒、沙僧、白龙马互相猜疑、指责，那样，跌宕起伏的情节，一定比现在这样有板有眼的有看头。而且重要的是，吴承恩先生一定会混个"谍战小说之祖"的称号。

待读完，仔细一想，吴先生没这样安排，不是他不懂，是他看得更开阔、高远。其实，吴老师对小说的整体安排很具现代意义。

诸君请看：安排唐僧去西天取经和安排妖怪一路阻拦的，同是如来佛、观世音、玉皇大帝等天上那些不人不鬼不仙的家伙们。这帮家伙全然不顾肉眼凡胎的唐玄奘一路心惊肉跳、寝食难安。折腾他的理由是：想要从我这儿拿走点东西，没那么容易，尽管你唐先生拿这东西是要去普度众生、救万民于苦海，但也要你时刻记住是"我"给你的，不关万民的事。

吴承恩先生这部小说还有一个隐喻，那就是——天上那些家伙们，把唐僧等和妖怪等都安排上路后，他们坐在大殿里，喝着御酒，吃着蟠桃，含着仁丹，时而大笑，时而微笑，偶尔也狂笑地看孙猴子和妖怪打架，他们捋着没几根毛的胡须（大多数不男不女的没胡须），说：好，好，好一场耍猴的好戏。

呜呼！孙英雄一路兢兢业业、舍生忘死地苦战，不过是他们在上天安排好的"耍猴"。

040

赵匡胤兵变夺得皇位后，就"杯酒释兵权"，怕有人效仿他再夺了他的天下，所以，宋朝一直重文轻武。

在宋代，很多诗人墨客犯了多大的错，也只流放不杀头。欧阳修和苏轼一生颠沛流离就是典型的例子。

但坊间有传，说是善诗文的丞相王安石，不容身边有更大的诗人墨客，就想办法把这些人流放了，用今天的话说就是：整人。

王安石的诗文我还是喜欢的，就一直不相信诗人会整诗人。近日，想起曾看的一篇小文，才明白苏轼先生着实犯了一大忌，王安石也着实有不容身边诗人墨客之嫌。

说有一天，苏轼到丞相府去拜访王安石，恰好王安石在接待别人。苏轼觉得自己是王丞相的哥们儿，诗人的天真常常是认为凡是写诗的人都是好朋友、好哥们儿。他便自己溜达到王丞相的书房，看到案几上有一首王安石未写完的诗："昨夜西风入园林，吹落黄花满地金。"苏轼看完就笑了，默念："王丞相的诗把季节弄错了，菊花在秋天正是开放的时候，怎么会落呢？"若只是想到此也就罢了，可苏轼偏偏不把自己当外人，提笔教训了两句："黄花不比秋花落，说与诗人仔细吟。"不久，苏先生就被外放到黄州做团练副使去了。

苏先生太诗人气，或叫幼稚，他不懂得王安石首先是丞相，然后才是诗人。王先生偶尔玩几句诗，是能写诗的政治家。而苏先生只看到了王先生诗人的一面，忽略了王先生是丞相。

政治家可以舞文弄墨，但绝不能当文朋诗友来相处。苏轼先生可能到今天都不明白，为什么自己一直被外放，外放到终老。

041

我说白居易是杀人犯，绝不是哗众取宠，危言耸听。

白居易闲游于徐州，当时的徐州刺史张建封在自己的宅院"燕子楼"接待他，在座的还有张仲素。张刺史豪情、仗义，并对诗人极为尊重，喝着酒，性情就无遮拦了。张刺史遂把新纳的姜关盼盼唤出来以歌舞助兴。关盼盼何人也，乃徐州一代名妓耳。酒过几巡，歌舞几轮，老白高兴了，也有些云山雾罩了。当然，心里应该是荡漾着醋意的。于是，即席赋诗："醉娇胜不得，风袅牡丹花。"看看，醉翁之意非为酒吧。

几年后，张建封病逝，张的妻妾俱散，唯关盼盼矢志守节，足不出户，与世隔绝。

一日，张仲素进京，将张刺史之死及盼盼守节等告知老白，同时拿出盼盼的三首诗。三首诗都是悼念张建封的，写得好。我认为不比白居易写得差。老白看了，颇为感动，就和了三首。和了也就和了，权且当做是职业诗人指导业余作者啦。可老白的醋意又上来了，我估计当时的白居易心里想：噢，张建封死了，你这妓女出身的还为他守节，那你怎么不随他去呀。于是乎，老白又写了一首催命的诗："黄金不惜买蛾眉，拣得如花四五枝。歌舞教成心力尽，一朝身去不相随。"表面上看，是说他哥们儿张建封怎样把盼盼买回来，教歌舞累得心力交瘁，可是末一句"一朝身去不相随"说谁呢？所以，这整诗都是在说盼盼，是催逼盼盼以死相随。

张仲素是个好事之人，天下好事者大多是傻子。按说你要是读懂了这首诗，就不能给盼盼看的，可这张傻瓜原封不动地把老白的诗转给了关盼盼。盼盼读了这首诗，曰："我之所以不以身相随，只是担心百年之后，人家反而污指张公，说他在生好女色，死有妾从葬，有辱张公清白也。"随之，也和了一首诗。不数日，绝食而死。

白居易一生朴实、恋家，虽然也常出入青楼、花街听听琵琶赏赏歌舞，但老白与他同时代的诗人比，花花事儿算是少的。也许自己的花花事儿少，就对别人的花花事儿生妒意酿醋意。于是，他挥笔杀死了关盼盼。

几千年至今，就是有这样的人，自己开不出花来，绝不愿意看到别人开花，于是就鬼鬼祟祟地写匿名信、制造谣言，破坏别人开的花。白居易尚且如此，况凡夫俗子乎。

　　说起左思让"洛阳纸贵"，我就说：那要感谢潘安。

　　说起中国历史上的美男子长什么样儿，已经约定俗成了："*貌比潘安，颜如宋玉*"。

　　这潘安和左思是好朋友，哥俩儿一起到京都洛阳谋发展，一路上，潘安得意得不得了，而左思则备受打击。潘安长得挺拔结实，眉清目秀，唇红齿白，面如傅粉；左思则矮小瘦弱，面色如土，五官像包子褶似的拧在一起。人们可以毫不避讳地当着他们的面说："这潘安长得太漂亮了，左思实在是太丑了。"

　　潘安坐着马车在街上走，满街的大姑娘小媳妇都跑过来往车上扔鲜花、水果，一条小巷走下来，就"香果盈车"了，而左思出门就遭嘲讽。估计，那时若有城管队，这些大姑娘小媳妇一定会到城管队要求把左思抓起来，她们要举报左思的相貌影响市容了。

　　潘安飘飘然地在享受着中青年妇女的赞誉，左思就果真足不出户了。左思在屋里发愤读书写作，终于写出《三都赋》，洛阳城里人们争相购买，《三都赋》不断地加印，使得洛阳的纸张大大地涨价。由是可断定：若没有潘安的美貌相衬，或左思长得也让大姑娘小媳妇青睐，左思肯定是不会写出《三都赋》的。

历史上，因体貌不佳被世俗嘲弄进而发愤有成的人不少，"洛阳纸贵"只是其中一例。我不知道还有一句俗语是否因"洛阳纸贵"而生，那就是"头发长见识短"或"人不可貌相"。

历史文献上把体貌不佳者称为"异人"，又常说："异人有异志"，这"异志"，不知是不是指"不凡"。

043

孔子是个大教育家，但也做误人子弟的事。

一次，他的学生子夏问他："巧笑倩兮，美目盼兮，素以为绚兮。何谓也？"孔子把眼珠转了三圈，然后轻描淡写地说："就是在白纸上画画。"

我估计当时的子夏还未成年，孔先生怕子夏早恋，故不解释成：这是赞美少女的漂亮可人啊。

记得十年前，满大街的商铺都大声豪气播放一首歌《女人是老虎》，歌词的大意是：老和尚告诫小和尚，到山下化斋遇到女人要躲开，因为她们是老虎（老和尚一定被女人咬过）。这和孔子对子夏解释《诗经》那几句环顾左右而言他异曲同工。孔子和老和尚为什么这样说？结果是怎样？这里就不必多说了。

孔子给子夏解释那几句诗歌，我觉得孔先生也是那个叫小和尚躲开女人的老和尚的心态，或者那个老和尚就是跟孔先生学的。

该不该对学生讲真话，这是教育问题，我不敢说。

孔子说："不学诗，无以言。"可孔先生为什么读着诗也无以言，甚而胡言呢？显然孔先生把男女情爱当做成人的隐私，成人的事情不能教，只能学生自己悟。不难想象，那些悟不出来的愚笨者，就只能胡为了。当然，我不敢说：孔子自己本是喜欢"巧笑倩兮，美目盼兮，素以为绚兮"，却故作漠然。

其实，我最纠结的是：孔子对《诗经》是极为看重的，为什么遇到诗中这么简单的问题也要回避呢？难道碰触到了孔先生的敏感神经？

044

自认为我是有些模仿能力的人，比如我可以学说几个省的地方方言，有时还可以蒙混得以假乱真。蒙混，就是装腔作势。我学方言，是为了好玩，为了和说这种方言的朋友调侃。只蒙声音、腔调，不蒙事儿。

近些年，我发现身边多了许多好蒙混者，他们不是为了好玩，是为了真蒙事儿。这些蒙混者，有装大款的、装领导的、装大师的，不一而足。

我一直认为，不会有人装诗人，因为装诗人很难获得什么利益。更重要的是：诗人不好装。不是花钱印几本诗集，就是诗人；不是会写几行假大空的抒情文字，就是诗人。诗人是玉，坐在那里一言不发，也会释放出通透的、温润的硬朗。

有装诗人的么？有！大有人在。在这里，我真心地劝那些端着架子装诗人，甚至装诗歌大师的人，要装也到没有诗人的地方去装，别往诗人堆里扎。面对李逵，李鬼只有挨打的份儿。

045

有一幼童名唤：王奕仁。两岁半时便聪明可人，尤其是口齿伶俐，记忆力超群。他父母教他背古诗，不久，他便可以背出几十首且能学着讲解。

一日，其父领他到我书房，指着我说："奕仁，这就是个诗人，你给他背一首诗。"他看着我，眨了眨眼睛，开背："锄禾——午，汗滴——土。谁知——餐，粒粒——苦。"

他爸爸很高声地说："平时背得滚瓜烂熟，怎么到这儿就忘了？"

我说："他没忘，他给改了，而且改得好！"

好诗都是三行删去两行后，改出来的。诗，不是说明文，不必把时间、地点、来龙去脉介绍得十分清楚，应该留下些空间给读者。任何一首好诗都是诗人和读者共同创造的。诗若伟大，读者也要伟大；读者若伟大，诗才能伟大。二者缺一不可。再说，诗的语言一定要有限制，不懂得语言精炼的诗，就是一摊烂泥。我看到现在的很多诗，言词散乱，甚而无际无涯，这种随意性会伤及诗歌的本质，掩盖诗中应有的诗性意义。

诗写完了，再读几遍，若有还能切割的就要毫不惋惜地切去，留下的空白，可能会产生更悠长的回响。

简明、利落和通玄达幽并不矛盾。

我就认为王奕仁小朋友把这首脍炙人口的诗，改得好！

046

因觉得自己知识贫乏，就逼迫自己养成了逢书必读的习惯，大有"补读平生未见书"之气概。曾号称：书到我手里，绝不会空置不读。为此，二十年前受益匪浅。

近些年读书，伤心事不少。有一本寄到我案头的书，水平高低且不论，只看那内容的组合，像大杂烩一样令我哭笑不得。书里有类似文学的文字，有旅游说明，有菜谱，还有医疗验方。

我狐疑：此书出版何益？有经验者点拨我："此为评职称而作。"

哦，评定技术职称必须要有出版物，被评定的人能力如何、书的内容如何都不重要，这不是明晃晃的知识腐败嘛！

也看到一些自称"著作等身"的人出版的书，东拼西凑者有，胡言乱语者有，粗制滥造者有。就为了"著作等身"？附庸风雅也得沾了风雅的边儿吧，若把出书也当做世俗的江湖，真是辱没文字！

于是，我现在改变读书方略，有些书一翻便弃，有些书读得从快从捷。只有看到那些可藏之可把玩之的书，才在不大的书架上给它留一寸之地。藏书不难，难的是藏而能读。

近几年，最想读的书，是能遣散胸中块垒，或能激发拿起笔来抒怀的书。这样的书，现在实在是不多。以至于几十年来，我的枕边书依然是《道德经》和《三国演义》。

读书和喝酒不同。喝酒是为了一醉而快，尽管醒来是"愁更愁"，但那一时之快，足以释放一定的压力。读书则不然，读书是为了给自己带来种种萦绕于心的难以描述的持久的快感。

喝酒是一夜情，读好书是理想中的爱情。

047

一些人写了同题诗，朋友拿来让我评评。我就言无忌讳地说了甲优乙劣等等。友问："同题，因何差距这么大，难道是观察的角度问题？"

我："不是写什么，是谁来写。诗人的能力、境界决定诗的品质。观察的角度当然很重要，有多少种观察的角度，就有多少种生活的现实。角度会决定视野。"

同题诗，我建议不要作。每个诗人的生活经历和情感经验不同，驻扎在每个人身上的现实也不同。写同题诗时，名为同题，诗人写的还是自己的经验，所选的观察角度也必然受到自己的经验限制。于是，同题诗出来，必有离题之人之诗。评判起来，难免失准。

再者，一旦设定同题，就事先给诗歌施加了重量，让诗歌的翅膀有了束缚。写起来，要么为了贴题而使诗歌滞重，要么浮光掠影。

诗人写诗，要像鸟儿飞翔那样轻盈，不能像企鹅那样笨拙（绝无诋毁企鹅之意），也不能像羽毛那样轻浮。

任何事物都有重量，看谁能掌握轻快的秘诀。诗歌轻盈的秘诀是，写自己想写的，爱写的。

048

常听到身边有人抱怨自己"孤独"，我也常送去冷笑。我想说："孤独"不是什么人都可以随便使用的词汇。

孤独应该是"一览众山小"的俯视；是"前不见古人，后不见来者，念天地之悠悠，独怆然而涕下"的慷慨悲歌。

孤独是"荷戟独彷徨"。

孤独是一种领袖意识，是一种杰出、一种超然，是对另一边地平线的跨越，是坐穿牢底的胆识和勇气。

孤独是寻找匹敌的"鹤立鸡群"。我想：毛泽东若没遇到蒋介石是孤独的；同样，蒋介石若没遇到毛泽东，也是孤独的。

由此，我想到与孤独相近似的一个词："孤立"。虽然两词在使用上经常被混同，但实质上二者判若冰炭。

孤独是空旷而悲壮的境界。孤独的人，眉宇间永远笼罩着一团一看再看也看不透的耐人寻味的沧桑云雾。

当然，若一个人一辈子找不到一个可以窃窃私语说真话的人，可能是孤独的，但，我相信更多的时候是——孤立。

孤立是一种无奈的处境，是"鸡没鹤群"。孤立的人，常常是一眼看去就把他的五脏六腑看得清亮见底的人。孤立是无力支撑生活的尴尬。

二者相距何止十万八千里！

因此，常说"孤独"的人，是否认真地问一声自己：我配吗？

049

善喝酒的人，大多有过醉酒的经历。我本人就常常喝醉，而且我还经常在酒桌上向酒友们发布我的谬论："众人皆醉我独醒者，此人可疑。众人皆醒我独醉者，此人也可疑。""一个不敢喝醉的人，肯定是个包装得很严的可怕的人。"

为什么求醉？无他，盖因心有不平，情有未了。我认为善醉者有几种人，一种是行尸走肉般地活着，靠醉酒给自己带来一点刺激，用酒精证明自己是一个活着的人。这种人可怜可悲也可恨，因为他们酒醉之后，常常犯一些低级的社会错误，会招来众口一词的"讨厌"。此种人的酒醉，我命名为"肉醉"。

还有一种人，平时可能是闻名遐迩的人物、顶天立地的汉子。他们有知识，有思想，有身份，有成就，甚至还有一群拥戴者；平时把自己绷得很紧，然而当他们面对知己或遇上完全可以放松地打开自己的朋友时，便毫不设防地喝起酒来。说着聊着，就开始用酒醍醐灌顶，在不知不觉中喝醉。醉后便是滔滔的倾诉，所倾诉的内容，都是从心底最深处掏出来的，都是窖藏了多少年，剪不断，理还乱，发了芽，长了枝，一提就心酸，不提还心疼的情感故事。有"此情可待成追忆"的；有"山盟虽在，锦书难托"的；至于爱到不能爱，聚到终须散的——更得醉。此类人醉后，目光僵滞，神情木讷，咬牙切齿，捶胸顿足，自己跟自己较劲儿。大多都会感叹，唉，"恨，恨，那可论！"啊。这种醉，当然是"醉翁之意不在酒"了，我觉得这种醉可定为"情醉"。

还有一种醉是心理失衡引起的：涨不上工资，没评上职称，分不到房子，孩子没考上学，生活过得没别人好，甚至是邻居买了汽车、同事娶了小媳妇等等。这种醉是用酒来发泄。醉一通，骂几声，睡一觉，天一亮照样上班。我认为这种醉可视为是"志醉"。

无论是哪种酒醉，都和喝酒人的生活环境、情感经历有关，"酒不醉人人自醉"是老祖宗总结出来并放之四海而皆准的道理。

我从未害怕过酒醉，也不反对酒醉。想想看，人生得意处只有一二三，而不得意处却占七八九，这七、八、九的不得意，当如何了断？能和谁较劲儿呢？自己把自己灌醉，尽管有逃避之嫌，但也是豪杰一回。一醉虽不能万事了之，却也是一时的痛快。古人面临枪林弹雨尚且能"醉卧沙场君莫笑"，我们今天还拒绝"家家扶得醉人归"吗？

050

前日遇一朋友，言他近日打麻将常输，究其原因，盖因其爱整洁，常在衣袋里装一把梳头的梳子。有这梳子便要"输"；而赢家的衣袋里总是装有一盒火柴，衣袋里有火柴便可赢"财"。该朋友说得极为虔诚，似是真事。又言：打牌要坐在南北方向，这样可以赢东西。

我碍于面子没敢笑出声来。若此理成立，那么姓苏的是否就不敢去打牌，姓裴的就不敢去做生意，姓郑的就一定是百万富翁，姓柴的就一定是腰缠万贯？若此说可信，我建议所有打牌的赌友，每到打牌时在自己的衣袋里都装满苍蝇，那样，就可以场场（苍）赢（蝇）常常赢。

其实，言此事者也明白，这种说法只是一种寄托一种希望一种心理暗示。不然，大家都在衣袋里装上火柴，谁是输家啊？

何其哀哉的心理寄托和心理暗示啊，只是糟蹋了我们伟大的文字。

写诗近三十年，编诗近二十年，如果现在让我必须选择一项，我会毫不犹豫地选择编诗。

一个编辑，当他发现一组好的诗歌稿子时，完全可以得意忘形，而且会一生铭记。面对一摞诗稿，像面对一个个陌生的世界。一首好诗读下来，好像正与朋友半醺而谈。即使有些不是很好的稿子，读下来也会让我感受到一些人间的冷暖善恶。

好诗读多了，编发多了，对自己的创作也形成了压力。我常常对自己说：一定要写得比自己毙掉的那些稿子好。因由这个自律，一段时间里竟羞于动笔。

后来，自己慢慢体会到，赏花和种花完全是从两个不同的地方发力。于是，我又开始写，虽然写得不多，却对自己的作品要求苛刻了许多。但，我在种花的时候，尤其是面对自己种的花时，还是无法完全回到我赏花的状态上（看来孤芳自赏是通病）；相反，在赏花的时候，却常常想到自己是怎样种的花。好在我是常赏而不常种，不至于让自己常常处于暗自神伤的境地。也好在我从写诗那天起，就没想过要用写诗来追名逐利。我一直把写诗当记日记，求真而不苟求精彩。

工艺精良的假花可以骗过一般人的肉眼，绝对骗不了蜜蜂。编辑就应该是那个可以甄别真假花的蜜蜂。

近些年，我对写诗下了一些功夫，也是编辑这个身份的压力所致。可是，"诗有别才"，写诗肯定不会像种花那样，有好种子、合适的土地、充足的阳光雨水、适当的养料，再加一点经验，就能种出好花来那样容易。（我丝毫没有低估种花的技术含量，此处只是借来一比。）所以写出来的诗歌，自己没看出多好，也感觉不到多坏。

我一向认为诗歌不是去寻找读者，而是去寻找知音。可是，作为诗歌编辑又必须争得读者。所以，我在写诗的时候就可以率性而为；在编诗的时候既要考虑诗人的号召力，又要看作品的艺术质量，还要顾及读者群。诗人是我们的上帝，读者更是。我宁愿一万个人说我写的诗不好，不愿意有一个人说我们编发的诗不好。就像我自己的孩子长得丑俊，不会影响整个中国人的面貌一样。

我编诗很自信，写诗也不自卑。面对一些诗稿，我会编出我们刊物需要的好诗；当然，我们没法要求听惯了美声唱法的人，一定要他说通俗歌曲好听，就像不能要求爱吃粤菜的人去赞美川菜。我写诗时不会考虑美声、通俗，粤菜、川菜，只想表现真我。

诗歌编辑不可能没有诗人朋友，但一个好编辑的诗人朋友基本都是出色的诗人，所以有人说编辑只编发朋友的稿子，这种论断基本是盲人摸象。我的经验恰恰告诉我，越是好朋友的稿子要求越严格。我每每把我的稿子给一些杂志的编辑朋友时，都要说上一句："可用便用，不好，弃之便是。"至少也要附上一句："画眉深浅入时无"。

编辑有编辑的操守，与推杯换盏时的哥们儿间交流不能等同。哪个编辑拿自己的职业、声誉当鼻涕乱甩，他的编辑职业一定干不长。

我是编辑时，只看稿子，不看"英雄出处"。我写诗时，不会考虑这首诗给哪个编辑。我也写过"命题作文"，但我基本不把"命题作文"当做自己的作品。

052

时下，有许多电视台每到周末都播放一个叫"模仿秀"之类的栏目；模仿者走上舞台作秀，力求声音、形体、相貌甚至一颦一笑都要与被模仿者（明星）惟妙惟肖。我们乍一看，是一笑；再一看，就是悲哀了。

问：我们看到了谁？

由此我想起了一句话：若每个人的口袋里都有自己的一些黄金，何必去掏他人的钱袋。再有，神圣性荡然无存时，必然坠入世俗的嬉闹之中。

话说回来，模仿明星作秀是逗大家伙儿一乐，写诗若模仿作秀，就会让人作呕了。

053

有人说：镜子是最真实的。

我不这么认为，镜子里真的是你吗？你看见你的灵魂了吗？如果诗人都以镜子为榜样，那么，完全可以取消"诗人"这一称谓，有摄影师就够了。

诗人的真实是灵魂的真实、感受的真实，是镜子无法折射的那一部分。

表象常常是假象。只对着事物的形状、色彩发感慨、抒感想，是浮光掠影。

重要的是：感想、感慨，都不是诗。

某周日，晨起去前门书院写字。有朋友吹捧我字写得好并索字。我清楚得很，捧我是哄我，索字也是哄我。不过，我也是半年没摸笔了，写一些，拣好的送朋友，以回报朋友之哄，其实也是练练笔。

及到了画案前才发现，我原来使用的狼毫笔不见了，就随手拿起一支长锋羊毫写起来，嘴上还念叨："书家不择笔。"

我认真地写了一阵，总是别别扭扭的不如意，写出的字，魂不守舍，无形无法。我不会怪我没功力，却抱怨笔不顺手。当然是给自己解嘲。

说到笔，我想起读到的《农耕笔庄》上一段话："毛笔之品也，擅狼毫者必轻捷劲健；擅羊毫者必温厚守朴。"据此，看到我用羊毫笔写的扭扭歪歪的字，知我尚缺温厚守朴之能尔。仅轻捷劲健，而不温厚守朴，生活中必有许多短板，留下许多可供小人攻击的软肋。

唉，从明天起，我开始用羊毫笔写字。

鲁迅先生曾写过一首《自题小像》的诗，诗中有一句是"灵台无计逃神矢"。许多解释，尤其是教科书上都说：灵台是心，神矢是丘比特的爱神之箭。鲁迅先生这首诗是表达心属家乡、祖国，表现出诚挚的爱国情操。

我不能说这种解释是错的。但我更愿意按自己的方式解读。一首诗，若只有一种读法、一种指向，一定不是好诗。至少是"乌托邦"的单面人。

好诗都是多棱镜，从不同的角度看过去，会有不同的风景。

某个子夜，失眠。我给一个朋友发短信："鲁迅说，灵台无计逃神矢。灵台者，俗世也。神矢者，你也。中箭者，自投罗网者也。"友回："篡改大师的诗意，有罪。"我真的有罪？人类若不是不断地犯罪，现在可能还在树上靠摘果子活着或刀耕火种呢！

记得鲁迅先生在"五四"时期写有一首白话诗《爱之神》，写到"爱神"在射箭之后，被"一箭射着前胸"的人问他："我应该爱谁？"他回答说："你要是爱谁，就没命的去爱他；你要是谁也不爱，也可以没命的去自己死掉。"我觉得，这首诗颇像《自题小像》的白话体。

诗人写诗时，审美方向未必是解读者的审美方向。说《自题小像》是爱国的读者，一定是带着爱国的情绪去读的；说这是首爱情诗的，也一定是带着爱情的情绪去理解的。绝无孰是孰非之别。诗歌不是红头文件，不是法律条文，不可能有非此即彼的规定。

056

参加一个人的作品研讨会，我一言未发。友人问："你怎么不表态啊？"我说："我表态了啊！"友人："我怎么没听到？"我说："一言不发，就是最恰当的态度。"

有时觉得嘴真是无用之物，若不是为了活着要吃饭。

常去开这种会，介绍我时，主持人会隆重地说我是："什么什么副主编"。这样我就理解成，这个会请的是副主编，而不是我商震。可是，我不在办公室，也不在工作时间内，我凭什么还要替副主编这个职位干活儿？我一直的理想是：我的职务只在处理公务时生效，其他时间，我是妈妈的儿子、女儿的爸爸。或者是个诗人。

我是个自然人，所有的职务都是临时的附加。

开一些人的作品研讨会，我不爱说话，还有一个原因，就是实在不想和一些所谓评论家同台发声。有些人对作品发言时，感觉是作者拿钱雇来的佣工。那一番滔滔不绝的赞美，大有不把这部作品说成"前无古人，后无来者"誓不罢休的气概。呜呼！真是上帝不在场啊！

其实，当那些把尊严、敬畏都豁出去，并感觉不到上帝还活着的人讲话时，其话语也就和狗屁一样，瞬间一臭了之。

057

一个大型的诗会，有百八十号人。这时，你就能体会出"人以群分"这一定义的准确性。我仔细观察了一下，基本上是按着写作能力和水准分成若干小群体的。像水里的鱼，深水鱼、浅水鱼、珊瑚鱼、滩涂鱼，绝不混居。

那日，有几人围在一起高谈阔论某某诗人写的诗，其中一人高声说：那个题材，我早就写了，而且那年就在我们市文联的刊物上发了。我恰巧从他们身旁走过，距他们还有两米远，他们看到我过来就集体哑言。我们相互打了招呼，我接着走，走出距他们五米远，他们声浪又起。我很纳闷儿，为什么不让我听听他们的高见？

怕我偷艺，还是自知浅薄？

真实的情况是，他们清醒地明白：我和他们不是一个水域的鱼。

058

我常对女儿说："什么是幸福？吃饱了不饿就是幸福！"我当然知道这是哄小孩儿的话，或者叫简单的幸福观。

那么，究竟什么是幸福？

我认为是差别带来的幸福感。只有在不平等的条件下才会感到幸福。在人人平等、没有差别的情况下，幸福是不存在的。就像在纯光明和纯黑暗中感觉完全是一样的。住在茅屋里的人，认为住在天堂里的人幸福，那是因为住茅屋的人羡慕天堂。若自我满足于"吃饱了不饿就是幸福"，就会认为，天堂和茅屋里放的都是同样可供睡觉的床。

艾青先生就说："把电灯拉灭，天堂和茅屋是同样的感觉。"由此，我想：一个人的幸福，就是自我的满足。

幸福是人人需要的，但羡慕嫉妒恨，是幸福的天敌。

059

毛泽东先生说："一个人做点好事并不难，难的是一辈子做好事。"此话很准。反之呢？毛先生不说了。我想替毛先生说：一个人第一次做坏事很难，做了第一次坏事，就越做越想做。不信，你观察一下身边的那些坏人。坏人的思维习惯是：无论遇到什么事，他（她）都要想着怎么能使点坏，别让好事进行得太顺利了。

孔子说"小人长戚戚"，这个"戚戚"就是在阴暗处想坏主意。但，这个世界能消灭坏人吗？不能！就像苍蝇、蚊子，怎么想办法消灭也消灭不绝。其实，也不必在意坏人和苍蝇、蚊子，你太在意了，它们倒得意了，好像它们有多强大似的。

还有，把它们都消灭了，怎么体现物种的丰富性呢？

060

十年前，我们几个作家、诗人在腾冲闲聊，聊百态人生，聊饮食男女。徐小斌问我："商震，诸子百家，你喜欢谁?"我不假思索地说:"庄子!"在场的人都说:一看你就是喜欢庄子的人。

庄子确实是我的偶像。庄子出身低微,最大的职务也仅是个县级园林局的管理员。百家争鸣时,也是乱世,诸子百家都在抢话筒,大家都生怕自己的声音低了,别人听不到。更有甚者,或在重要场合发布奇谈怪论,或把母牛的生殖器吊在房梁上蹦着高儿吹。庄子不干这事。他不运动社会,不高声批评他人,只躲在陋巷里读书著述。他不想影响当时的时政和人生观、价值观。他懂得"文章千古事,为官一时荣"这个道理。于是,布衣草鞋,糁汤野菜,与安静为邻,与寂寞为伍。幸运的是,这份安静与寂寞让庄子的精神得到了大自由。只有精神自由的人,才会作出大文章。一部《逍遥游》足以让诸子百家羞愧,更别说《齐物论》、《养生主》等篇章了。

庄子不是靠批判社会的污浊来张扬自己、炫耀自己,他愿意我口问我心。他对神秘的大自然很感兴趣。一草一木,一山一川,风吹云起,鸟鸣兽吼,在庄子眼里,都可关情,也都可疏离。探则有幽,不探则皆是身外之物。社会上可以有我这个人,我可以没有这个社会。其超拔脱俗之至矣。

超拔脱俗需要强大的内力,不是喊几句愤世嫉俗的口号，骂几句社会的不公，喝几场醉酒，放浪几次形骸，就算超拔脱俗了。很多时候，我们看到的都是俗人骂别人俗的"贼喊捉贼"。

愚以为，庄子的重要贡献是他的文章，千百年来安慰了太多的失意文人。

061

常看到一些写东西的所谓作家、诗人自己撰写简历，洋洋洒洒，千言之巨。简历的文字极为炫彩，甚至超过正文。每见如此，我便大为不快，并断定：这一定是个不自信的人。简历嘛，要简，说明你是谁就行。

我又要说庄子。司马迁写《史记》时，对庄子之介绍只有五条：

一、庄子者，蒙人也，名周。

二、周尝为蒙漆园吏，与梁惠王、齐宣王同时。

三、其学无所不窥，然其要本归于老子之言。

四、故其著书十余万言，大抵率寓言也。

五、其言洸洋自恣以适己，故自王公大人

不能器之。

堂堂的庄子，仅五行字简历，够简的吧？有没说清楚的吗？没有！来龙去脉明晰，评价客观中肯。

今天，我们写简历时，能不能用五行字？能不能自信地再减到两行或三行？

作家是靠作品介绍、推销自己，不是靠有吹嘘色彩的说明文。虚假广告是要负法律责任的。

062

说到庄子，就想起和他同时期的另一个圣人级的人物——孟子。

庄子和梁惠王、齐宣王同时，孟子也和梁惠王、齐宣王同时。所不同的是，孟子和这二位王都见过，并都游说过这二位王。庄子却没见过这二位王。当然了，那时庄子仅是宋国漆树园林的管理员，又不想在乱世中混个出身，所以庄子就守潜默以葆光，藏陋巷以读写。

孟子则不然。孟子要逞辩才而扬己，游说诸侯以猎名。那时的孟子，真是逮谁灭谁。每天像扎了鸡血、吃了阳药那样手持利刃激情四射。他四处游说诸侯，诸侯们都敷衍他。他不觉得诸侯是敷衍他，不认为诸侯对他那套无法治国的理论不感冒，反觉得诸侯们没文化，难教化，或是听信了其他人的歪理邪说。于是，孟子大人对他同时期的思想家、理论家、批评家一个都不放过地猛批狂骂。孟大人说，这叫"正人心，息邪说"。大有天下只能有一个话筒，并一定在我孟某人手里，其他人的话筒，都是假冒伪劣之态。

话说到这儿，我要声明：我丝毫没有贬损孟子的意思。孟子是儒家思想的继承和发展者，这是毫无疑问的。孟子是伟大的思想家也是毫无疑问的。我只是想说说孟子和庄子之比。

孟子与庄子同时代，一显一隐。一个善在广场上高呼，一个喜在僻静处自语。但，到了今天，经过两千多年的淘洗沉淀，这二位老爷子对社会发展的贡献应该是难分高下的。当然，想治国平天下者一定喜欢孟子，想安慰心灵者一定热爱庄子。

或问：孟子当时为何不批庄子？很简单，一是，二人彼时无来往；二是，也是最重要的，庄子不在公共场合发声，就不会影响孟子的发声，或者说，孟子根本不怕庄子会抢他饭碗。

想说说当下，批评家中如孟子者，有；作家中如庄子者，亦有。

063

2012年1月底，我从《人民文学》调至《诗刊》主持工作。不久，网上就有人骂我。接着匿名、实名地举报我贪污受贿、生活作风糜烂、只有小学三年级文化等等，不一而足，大有一夜之间就把我打翻在地，再踏上一万只脚，让我永世不得翻身之势。我基本不上网，这些事我根本不知道。直到有人将如此情形告知我，我才知道。我听了，也仅是一笑了之。我说：我绝不会把恶人、小人的诽谤当回事。如果我在意了恶人、小人，不就是等于承认恶人、小人有力量了嘛。一朋友问我："你在《人民文学》工作十几年，咋没人搞你？"我笑着给他讲了一个庄子的故事。

庄子携学生去游山，见一棵枝叶繁茂的大树，树下有伐木工人坐着。庄子问："要伐这棵大树吗？"伐木工说："没用处，不砍。"庄子回头对学生说："这棵树虽大但矮，所以伐木工觉得它没有用处。被认为没用处，才免去了挨刀。"

友人听罢我讲完庄子的故事，顿悟。又说：若是没有用处的树，都不挨刀，高楼大厦如何建成？

我想和朋友说，伐高大的树去建高楼大厦，也是物尽其用；若伐高大的树去劈柴烧火，大概真的要让世界荒芜。

我自信地认为我是棵高大的树。我在《人民文学》时，不负主要责任，所以别人看着我矮。我到了《诗刊》，恶人、小人们才发现我的高大。遗憾的是，恶人、小人们用的是纸刀子，对我无伤，反倒在他们的吵嚷中，让更多的人看到了我的高大。

064

我不喜欢说假话的人，就像我不喜欢作品中的伪抒情。我常和身边的朋友说，若想自己不累，不遭遇尴尬，就说实话。实话，过一百年都经得起考验。

可有一种人，未必是有意说假话，只是不愿意说实话。说实话是要有勇气的，是要有责任心的。有些人，可能是因为生存压力所驱，八面玲珑，四方讨好。这些人尚可理解。但有些人，良莠不分，善恶不辨，美丑不知，就让人生疑。是揣着明白装糊涂，还是故意颠倒？若真是故意颠倒，便属恶人之列。

我认为，不说实话者和颠倒是非者无异。

还有一种人，见什么人说什么话。善恶美丑他都恭维。说他惯于阿谀奉承，似又不恰切，说他狡猾也不准确。说句狠话：这种人是在两边欺骗。我认为：这种人活得没骨气。哲学家给这种人找了一个借口，叫"明哲保身"，"事不关己，高高挂起"。这种理论，肯定是混蛋逻辑。重要的是，"明哲保身"真能保身吗？我想讲个故事。

庄子携几个学生赶路，天黑了到一农户友人家投宿，友人大喜，便吩咐仆童杀鹅款待庄子。仆童问主人："两只公鹅，一只爱叫，一只不叫，杀哪只？"主人说："爱叫的有用，夜晚能防贼。杀那只不叫的。"

由此，面对大是大非，该表态时必须表态；否则，也会被杀。

065

有些人总抱怨自己活得窝囊。比如：房子没别人的大，挣钱没别人多，自己的孩子没别人家的孩子有出息，老婆没别人的老婆漂亮，等等。若是凡夫俗子行尸走肉有这般抱怨，我尚可理解。可恰恰是我常听到一些自诩为文人的人在抱怨。我便大为不解。

我一向认为：读书人、写东西的人，穷，不是窝囊。"一箪食，一瓢饮，居陋巷，而不改其乐"的颜回，没人会认为他窝囊。

读书人的窝囊，是满腹才华无法施展，一腔抱负无力实现。

066

庄子迷恋大自然，尽人皆知。其实，庄子也是肉眼凡胎的社会中人，他一天也没真的逍遥到凡间之外。于是，他一边挣脱，一边享受。想超凡脱俗，又离不开俗世的快乐。

晚年，他带了几个学生，教学生们认识社会、人生（庄子没教过写作课）。一天，一学生问庄子："老师，您总说社会污浊，人性丧失，人性是怎样丧失的呢？"

庄老先生眨了眨眼睛，捋了捋胡须，说："人类天性的丧失是通过五条渠道来完成的。一是五色，即红黄蓝白黑；二是五音，即宫商角徵羽；三是五臭，即膻腥香薰腐；四是五味，即苦辣酸甜咸；五是社会的是非得失。"

听完庄老先生的话，学生们不懂也得装懂。

看完这段话，我是懂了。庄先生是一边接受这五项，一边痛恨这五项。若真的没了这五项，才真的是没人味了。

这是庄子晚年发生的事。人到了晚年，会有一些生理、心理的变化，会和他青壮年时期的为人做事大相径庭、背道而驰。我遇到过这样的人与事，我能理解。所以，我也理解庄子。

所谓圣贤者，不过是对社会发展有过突出贡献的人，在思想、文化领域里有过重大建树的人。归根到底，是人。是道成肉身的人。

肉身的人，怎能尽善尽美。

067

庄子的老师是道家鼻祖老子。但庄子不是把老子的"道"全盘接受。老子主张"入世别染尘"，庄子则一边拒绝尘世，一边偷偷受用。

老子说："什么是君子？他山有金矿不采，别海有珠蚌不捞，手不摸触他人钱袋，心不牵挂乌纱帽，寿高不办喜筵，命短不须哀悼，阔绰而不矜骄，贫穷而不潦倒。"（老子的这段话，很像现在"反腐倡廉"的要求。）

老子的"君子"原则，不难做到，自律就是。而庄子则遵从另一套"君子"的原则，即孔子的处世方略："我爱吃牛肉，我见不得杀牛。"

　　庄子认为，人是由两方面因素决定的，一是自然界属性，二是由社会性赋予的。那么，庄子怎样做"君子"呢？

　　他说：我有四项基本原则。一是，在社会生活中，我有立场。二是，有立场，我也无为，就是什么也不说，什么也不做。三是，我有理想，我喜欢山水云雾、花鸟虫鱼。我要离现实远一点。四是，我要修心养性，两耳不闻窗外事。我觉得，庄先生这四项基本原则之后，还有一句潜台词，恕我给补上吧：有好吃的我就吃，有好用的我就用，过好自己的日子，不管他人是与非。

　　这就是庄子的"君子"之德。有逃避之嫌，有软弱之弊。但在乱世之中，也是难能可贵。

　　如今，做到老子之"君子"者，鲜。做到庄子之"君子"者，亦鲜。

068

一个朋友，拿一组爱情诗给我看。他一脸的喜气，不是他有了爱情，而是他认为写了一组美妙绝伦的爱情诗。我看了半天，也没读出美妙绝伦来，便说：这是一组很一般的诗啊，你怎么这么高兴啊？他不服，说：你看，我把爱情写成了生命的戏剧，不新奇吗？我说：不新奇，早已有之。况人生本来就是戏剧。你写的仅是诗歌和生活的普通意义。

其实，我还想说：抒写生活的普通意义，是诗歌创作的最大障碍。因我们的私人关系没到非常好的程度，当时不好过重地打击他。

爱情只是人的许多激情的一种，它对人的生命影响因人而异各有不同。但是，诗人在面对爱情诗创作时，绝不能凭空想象。没亲身经历做底的想象，就难免会滑入普通意义。

都知道，爱情可能是幸福或灾祸的缘由，但是，只有那种幸福和灾祸真的落到你头上，你才能体会到是怎样的幸福与灾祸。有了体会，再去想象，才可为诗。

爱情诗的写作要离智性稍远一点，要听从肉体、本能、情结、倾向、被压抑的想象和愿望的指挥，或由创伤性回忆构成一个紧密的、独立存在的整体前意识。一句话，是你亲历的事和你在亲历后所畅想、幻想、联想、梦想的事。

诗歌，只有在事实和想象之间的距离中，才产生魅力。

069

说：诗歌是诗人的心灵秘密。我认为：此话确凿。

我常说：诗人别撒谎，除非你不写。只要写，并写得好，一定会暴露心底的秘密。说明一下：秘密并不等同于隐私。

那么，诗人是否是探寻秘密的人呢？答案是肯定的：是！不懂得探寻秘密的诗人，其作品的力量是有限的。当然，探寻秘密不是在谁的卧室里装个摄像头等那样下作。我说的秘密，是事物的根本、真谛，是根源性意义。

只关注事物的表面，是无法探寻事物的秘密的。当然，有些事物的秘密可能无法探究。但是，任何事物的秘密一定会在事物的表面留下痕迹。一个好的诗人，会在这些痕迹中找到探究秘密的通道。有道是：曲径通幽。

诗人的任务，就是要打开那些沉默的、不易被倾听到的东西，应该对一些事物的秘密做自己有力的发现和见证，呈现社会经验里更为真实的景象。

070

我的办公室有一盆兰草，长得颇好。不知哪一日，兰草里竟长出一株野草，笔直地长，几乎高过我精心侍养的兰草。我每天看兰草也看着这株野草，很是惬意。

一天，一同事来我办公室，看到花盆中的野草就多起事来。他把野草连根拔起，并放到一个水瓶里。说："让它在这里独自长吧。"

没几日，那株野草就打蔫儿死去。我甚是惋惜。

我望着死去的野草，突然想到：野草不仅需要水和独立的空间，它更需要土地、家园。

071

《水浒传》中，我最心疼的人物是青面兽杨志。他为人耿直，做事认真，冲锋陷阵，不惧生死。他一生做错的最大的事，不是丢了生辰纲，不是入伙梁山泊，而是杀了泼皮牛二。

按说，牛二这种人物是进不了《水浒传》的，只因是被英雄杨志杀了，做了英雄的刀下鬼，也便成了名鬼。

其实，牛二做泼皮做得也挺仗义，不管是欺行霸市，还是抢男占女，他都是行不更名坐不改姓。只是牛二的见识实在太短，不知道天外有天，人上有人。遇到真英雄还放泼，结果做了真英雄的刀下鬼。看来，做泼皮无赖，也要有点文化，否则，就不知道哪天会死。

杨志那把刀，真是好刀，只可惜杀了个泼皮无赖。同样，那把刀也成全了泼皮无赖——牛二。

072

诗是写给自己看的，还是写给别人看的？这个问题还真难回答。

只给自己看的诗是日记，日记记录的是真情实感。给别人看的是艺术品，艺术品就要有美学意义的感染力。我认为：诗歌是二者兼具的。没有真情实感的不是诗，没有艺术感染力的也不是诗。

那么，究竟诗是给谁看的？先自己看，自己看着是自己的真情实感，再给别人看是否有艺术感染力。

真情实感是自己可把握的，感染力是自己创造力的体现。创造力不够，真情实感表达得也不会充分。所以，诗歌仅有真情实感不行，仅有技术手段也不行。只有依靠技术手段将真情实感有效地呈现，诗才完成。

诗，作为文学样式，最终还是要给大家看。

073

我曾多次在讲课中强调：写作，尤其写诗，要使用自身的直接经验。这是必须的。但是，我也一再强调：写诗要和事实有距离。这个距离是用你的想象力来填补。

后来，这个问题让许多学生课后纠缠我。他们问我，究竟是使用直接经验还是使用想象。我真想当面告诉问我的学生：你太无才了。

诗人写诗，不能只表现已发生过的事件、记录已逝去的时间，就是不能完全使用已有的经验，要在审美中表现出一些超现实和超经验的东西来。这是诗歌最具魅惑的力量。

忠实于事实和合理使用想象，都是诗歌创作的必须。

　　经常有人问我：为什么写诗？我脱口而出：人难过了才写诗。

　　问我的人听了，自然是一头雾水。那么，我是不是故意装腔作势呢？当然不是。诗人若过着饭来张口水来洗手的日子，精神萎靡，肌肉松弛，四肢慵懒，大概是写不出诗来的。就算是写了，也不会是好诗。文本经验不能产生感情，没有诗人自身感情的加入，诗便会是只具其形而无内核者也。

　　诗人写出好诗的秘密只有一个：保持对环境的陌生，保持对身边人和事物的敏感。

　　能保持天天在已熟视无睹的生活环境里的陌生和敏感，是件痛苦的事。可是，离开了陌生和敏感，诗人又何以为诗呢？

　　写诗或诗人，不是个社会职业，但一定要有职业病。这个职业病，就是让自己的精神世界不和身边的人与事，绝对苟同。诗人一旦对身边的世界产生怀疑，能问几个为什么的时候，诗就悄悄地走来了。

　　一个人若总在怀疑和自问的状态下，这是不是一件难过的事？难过了，就想倾诉，倾诉得透彻，倾诉得有美感，倾诉得让他人感动，这就是诗了。

诗歌与宗教有所不同。诗歌常常表达对当下幸福的不信任；而宗教则是在来世给你一个幸福的许诺。

有一句话诗人应记住：俗常的世界，总是暗中与诗人为敌。不警惕，就是把自己廉价地卖给了俗世。

这下该难过了吧！

075

诗歌的社会功能，是多少年来讨论的话题。此话题不会有绝对准确的答案。一首诗能安慰一下正在寂寥的情绪，这肯定是功能，但这个功能还没有实现完全社会性，还不足以强有力地说明诗歌有社会功能。

有这样一个故事。在上世纪八十年代，英国一家很大的电子公司中国公司要在中国找一位高管，当时的年薪是三十万。乖乖！那时，我们的月工资最多不过一千多块。可想而知，全国来报名的青年才俊有多少！经过一层一层地选拔，最后只剩下两个人。各有百分之五十的机会了。这两个人真是优秀啊！可人家只要一个人。怎样来取舍呢？考官们也技穷了。这时，英国的老板出来了，他用英语对这二位说："请用英语默写一首莎士比亚的诗。"有一位小伙子胜出了，另一位不会默写莎士比亚诗歌的人出局了，其沮丧之情是可想而知的。当众多考官疑惑时，这位英国老板主动说："在英语世界里的白领，不会背诵莎士比亚的诗歌，是不可信的。"

看看，诗歌的社会功能很强大吧。还有一个故事，就是最近发生的事。

北京某大学的美国留学生，告诉他导师一个秘密："老师，我知道让我的中国同学们看见我就望风而逃的办法了。"他的导师说："你是怎样办到的？"这个美国留学生说："我只要从书包里拿出《唐诗三百首》让他们给我讲讲，他们就都跑了。"他又接着说："可他们讲起美国来，好像比我还清楚得多。"估计这位导师当时是欲哭无泪。当中国的学生们认为《唐诗三百首》无用时，美国人却用来羞辱我们。

我不知道，那位导师后来是自杀了，还是辞职了。反正，诗歌又一次证明了它的社会功能。

我想说诗歌的社会功能是：如果我们不借助诗歌来谈论世界，世界就不会这般真实。

076

　　我家的墙上挂着一幅我自己写的条幅，内容是《论语》中的："吾日三省吾身，为人谋而不忠乎？与朋友交而不信乎？传不习乎？"我每天都看。请注意，我没自恋到把自己的字当书法来欣赏的程度，我是看这句话里究竟包含着多少内容。重要的是，我在用这段话来寻找自身的虚空与缺位。

　　人不可能完美，意义上的完美根本无法弥补现实的残缺。

　　好梦、噩梦都怕醒来。

　　我每天看这段话，就是希望在晚上没睡之前，把所有的事都想明白了，躺下就不做梦了。也就是别用美梦骗自己，更别用噩梦吓唬自己。

　　有人说：半部《论语》治天下。我不想天下。常读这句话，就是想睡个无梦的好觉。

大学中文系的《文学概论》中说：诗歌，一定要形象思维。我上学时，深信不疑。真的只有形象思维一条路通向诗歌吗？现在我才敢说：未必。当然，我不想在这里讨论诗歌的写作方法，我只想讨论，诗歌一定要形象思维这个论断是怎样根深蒂固地扎在一代又一代人的骨子里的。

我们的各级学校，多少年来，让学生读的诗歌、老师为学生讲的诗歌，都是按照《文学概论》的要求来进行的。所以有些中文系的学生，看到现在刊行的诗歌，说读不懂，或胡批乱谈。何也？这些学校里的学生，是在被教学指导大纲和教学参考所规定了的环境里学习诗歌，学到的一定是考试的规定范围，而不是诗歌本身释放的要求。苦啊！这个苦，不是学生，而是泱泱诗国的诗歌。

陈子昂写的《登幽州台歌》："前不见古人，后不见来者，念天地之悠悠，独怆然而涕下。"这首诗里有什么形象呢？难道陈子昂就仅是写一个老头在默默地哭？

天下事，都不止有一条路通往成功，何况诗歌！

形象，对诗歌非常重要，那是让诗歌饱满、鲜活、生动可感的首要通道。但绝不是唯一通道。

我要说的是：在一个靠拿着《文学概论》的教授来解读诗歌的环境里，是不会诞生诗人和批评家的。我见过的一些诗歌研究方向的文学博士，毕业后从事批评或理论研究，大多是无才又无能的。我想：他们在天天背诵形象思维的环境中，把自己的形象交给了导师。当走向社会的工作岗位后，不过就是一个穿着衣服的《文学概论》。

078

又要说到诗歌的语言问题。其实，在说诗歌语言问题之前，我更愿意先说说诗人的独立性问题。

诗人，或一个成熟的诗人，首先是独立的。其独立表现为审美判断的独立；语言使用的独立；表达方式的独立。有了这三个方面的独立，诗人当是有了品格的独立。品格独立的诗人，常会遇到这样一个问题：当生命和语言相遇时，诗歌将听从哪方面的安排？我认为：诗歌在处理语言和生命的关系时，应该让语言取胜，而不是一味地凸现生命状态。

诗人与语言建立的关系如何，是诗人表现力、创造力的标识。

不想占有语言，也不会被语言拥有。表层表达用的语言是饭，只能用来充饥，而诗歌所用语言是酒，用来让人沉醉。

语言未必求新，更不必仿古。求恰切，是诗人一生对语言的追逐。

有人诟病说，今天的汉语新诗用白话文，失去了诗意的韵味。我不敢批评有此说法者是一叶障目或无知无畏，只想试问：杜甫先生的"露从今夜白，月是故乡明"不是和今天一样的现代汉语吗？李煜的"一江春水向东流"不是现代汉语吗？汉语一定是用上"之乎者也"时才有韵味？

好诗人，都会把语言的运用看作是诗之本，承载生命之本。

079

我喜欢郁达夫。他直截，明确，简洁。重要的是，在直截、简洁之后，能绕梁三日余音仍在，能触动"人人心中有，大多笔下无"的情愫。诗人把自己的生命状态、情感状态隐藏起来，用什么花哨的语言也不是诗。"犹有三分癖未忘，二分轻薄一分狂。只愁难解名花怨，替写新诗到海棠。"还有："曾因酒醉鞭名马，生怕情多累美人。"这两首诗，真够那些天天哼哼唧唧、浅吟轻吁着写爱情诗的人，学几辈子了。

诗人的语言是用来表现生命的，不是用来吹成炫彩的泡泡取悦他人或自己的。

诗人首先应该是醒着的人，醒着的人就别说梦话。

我觉得读郁达夫，比读《红楼梦》诗词过瘾。

080

有一句民谚叫："武大郎服毒——吃不吃都得死。"这句话乍一听，和武大郎没什么关系，只是借武大这个喻体而已。久而久之就形成了一个概念：武大郎该死。

我也觉得武大郎该死。你个"三寸丁谷树皮"凭什么娶腰如三春杨柳、脸如二月桃花的潘金莲？潘金莲是几个炊饼可以养活的吗？潘金莲如果爱吃炊饼，并且是吃了一顿下顿还想吃，吃了几天一辈子都想吃，那这就是爱情了。可潘金莲不爱吃炊饼，吃一顿下顿就腻歪了。那么，武大郎就得死。

夫妻之间不能互相给力了，爱情就死了。

西门大官人可以换着样儿地让潘金莲吃，武大郎真的就是炮兵部队炊事班的兵了——戴绿帽子背黑锅还不让打炮。

爱情嘛，就是每次见面都如初恋、初夜。

让爱情不死，不是票子、房子、车子，是互相给予支撑，有平衡的力量。

我就觉得才子配佳人是无比正确的。

成长环境相似，受教育程度相似，诗能对，曲能和。趣味趋同，境界趋同，此爱情不老之秘方也。

081

我很喜欢一个美国人，叫爱默生。他是个思想家，但不是个思想传道者。他可以受邀去演讲，就是不收学生、门徒。这和中国的思想家等"大师"大有不同。咱们的思想家都是"弟子三千"。

近些年，出现了许多伪思想家，他们是门徒、食客众多，有些人还特意在简介和名片上赫然印上"某某弟子"。而那个"某某"，我也没看出有什么独到的思想。不仅是思想界，艺术界更甚。我甚至怀疑，这些门徒、食客是这些"大师"请来发小广告的。

张爱玲这样评价爱默生："他并不希望有信徒，他的目的并不是领导人们走向他，而是领导人们走向他们自己，发现他们自己。"

向爱默生学习！向爱默生致敬！

082

没有哪一个诗人说：我就是不读书，生而能诗。

即便都在读书，可所得到的结果也是大不相同。就像我们看到一段躺在工厂里的木头，有人看到的是修行的树，有人看到的是家具。

书如太阳，若把自己当做成年人去读书，太阳只能照亮了你的眼睛；若把自己当成儿童来读书，太阳可能就会照彻心底。所以，读书时，把自己以往的经验先清空。在学习新东西时，成熟是最大的障碍。

只被照亮眼睛的人，是固执的、不太喜欢接受新东西的人。固执的人为诗，能走多远，可想而知，现实中这样的人常见到。

我喜欢这样一句话：要学习大人物的本领，要保持小朋友的心情。

欲与诗为伴的人，且铭记。

不知是哪阵风吹的，当下竟有许多人都在读张岱，且处处大谈张岱，逼得我只好再把张岱找出来捧读。无他，怕受欺负也。

我曾说过：用年龄欺负人是可耻的；用金钱欺负人是可耻的；用官位欺负人是可耻的；用知识欺负人同样是可耻的。年龄和金钱、官位我就不多说了。若想不被他人用知识欺负，就只有自己多掌握知识。

有些人读书不少，却对读过的书说不出个一二三来，不知是为了消磨时间读书，还是为了多识几个字读书。读书就一个目的：长知识。好书要常读，即使不是为了温故知新，也是巩固知识的好办法。

张岱的书被当下人热读，我想：一定是心有不平的人多了，酸腐者多了。杜甫先生说的"文章憎命达"和韩愈先生说的"不平则鸣"，大概可以为张岱先生的书盖棺论定了。

张岱本是一纨绔子弟，他自己坦白："少为纨绔子弟，极爱繁华，好精舍，好美婢，好娈童，好鲜衣，好美食，好骏马，好华灯，好烟火，好梨园，好鼓吹，好古董，好花鸟，兼以茶淫橘虐，书蠹诗魔。"我除了很敬佩张岱的这种诚实外，可想而知的是：张岱年轻时过的是什么日子啊！绝非"纸醉金迷"这四个字能涵盖的。过这样日子的人，国破了，家败了，那么多的嗜好玩不起了，就剩下"书蠹诗魔"了。于是，《陶庵梦忆》就有了，《西湖梦寻》也有了。他写这几本书的时候，他的境况是什么样呢？他怕别人乱猜忌，自己先写个《自为墓志铭》，告诉大家我现在已是"所存者，破床碎几，折鼎病琴，与残书数帙、缺砚一方而已。布衣疏食，常至断炊"。看看，当年的奢靡已经是一场梦了。

先过苦日子，后过好日子，可能会有强烈的幸福感；先过好日子，后过苦日子，就有生不如死的感慨了。好在张岱是个才子，而且是个大才子，在苦难面前还是维护了读书人的尊严。《陶庵梦忆》大部分作品是好的，是张岱用回忆青年时的快乐来镇压眼前的窘迫。张岱是想得开的读书人，写几本书，告诉世人：老子吃喝玩乐啥都干过了，没什么委屈的了。当然，张岱在狂玩的时候，无论如何也不会想到他的老年是"布衣疏食"的。

有人说张岱是抒发沧桑之感，寄托兴亡之叹。我认为大谬。

张岱不落难，不会成为文豪。所以，今人读张岱，千万别把他说成是爱国（明朝）文人，他更不是为文学而生的。

084

有人说：张岱很有骨气。我读了又读，实在没看出张岱的骨气是怎么表现出来的。张岱写《报恩塔》，大有阿谀奉承、吹牛拍马之嫌。那座报恩塔是明成祖为纪念其生母所建，张岱把最大最响亮的词，都用在《报恩塔》上，看完就想问：这还是那个落拓不羁的张岱？还有更甚者是《鲁藩烟火》，词语无不用之至极。堪比当下一些拍马屁的报告文学。《鲁藩烟火》说的是鲁王朱檀他们家的奢靡。张岱先生一唱三叹地誉美，透着艳羡的酸劲儿。仅这两篇文章，让张岱矮了许多。

文人的骨气，是要有坚定的审美观，有客观的历史感，有当下的社会责任心。不能"吃了人家的嘴软，拿了人家的手短"。

085

看到一篇文章，说张岱的《陶庵梦忆》与《红楼梦》对等。我实在是拿不出有力的证据说它们不对等，因为我至今也没把《红楼梦》读透。但我也绝不会认可这种说法。《陶庵梦忆》最多算是一个人的生活史，而《红楼梦》则是有着教科书意义的封建社会没落史。如果一定要找到它们共同的地方，那就是曹雪芹说的"满纸荒唐言，一把辛酸泪"。

今人作书文评论者，常会突发奇想，大有不标新立异，就不能独树一帜之气概。好在还没有人去考证《红楼梦》是张岱写的。

张岱者，一个没有历史观和社会担当的闲散落魄文人而已；曹雪芹者，是背负着社会使命的作家，二者如何能相提并论。

086

出差杭州，一朋友来找我喝茶聊天。喝着聊着，就说起他的一些宏愿。其中，他说要写一本关于杭州、西湖等景区的美文。我说：哥们儿，写杭州、写西湖可千万小心了。且不说历史上有那么多写杭州的诗词歌赋，就一个张岱的《西湖梦寻》已把杭州、西湖写尽了。这哥们儿愣了一下：是么？我还没看过《西湖梦寻》。

这哥们儿走后，我心里慨叹：有一种浅薄是不知史者，不知死。

我绝不是说，前人有诗在上头，就眼前有景吟不得了。今人有今人的感受，古人有古人的情趣。重要的是，今人的感受要避开古人的情趣并有新知。景语者，情语也。"今人不见古时月，今月曾经照古人。"

我们无论如何也无法复制张岱写西湖的感情，同样，我们今天的感受，也一定是张岱等前人所没有的。但，躲开古人，写出真实的当下的赞誉杭州、西湖等名胜的美文，其难度是你自己再造一个杭州和西湖。

087

一个诗友拿着一首诗来给我看，并信心满满地说：我这首诗，对今天的社会有着强烈的批判作用、警醒作用、指导作用等等。说着说着，好像他写的不是诗歌而是拯救社会的法律文本或政府施政大纲。我拿过来仔细看了看。艺术能力姑且不说了，仅就内容而言，不过是把社会丑陋现象绝对化，孤绝地认为这个社会没救了。况且，他好像是站在火星上看地球，或是在美国、法国等地儿看中国。我笑了笑，简单敷衍几句，对他这首诗没再说什么，就把话题岔开了。这种人的自信来源于固执，甚至是偏执，对他进行理性的说服，可能是做无用功。他走后，我却内心悲凉。

我们的社会确实有阴暗的、丑陋的现象，但也不至于暗无天日。重要的是，一首诗会有那么大的拯救力量吗？面对社会问题，喊着诗人何为或诗人无为，都有些极端。生于此时代，就负有此时代的使命。诗人也不例外。

诗人不能与时代为敌。要以原谅自己的姿态，原谅身边的人和一切看不顺眼的事物。或者再宽阔点，说：爱自己就要爱身边的一切。

诗人可能有时是身处时代的背面，保持着凝视自己内心幻象的权利，或像在梦中一样观看社会事物。但，你无法永远活在梦中，无法不走出内心幻象。你有万种风情还是千仇百恨还是要落到地面上，还是要与人诉说，与人了结。

诗人的独立，不是与世隔绝。

话说回来，社会丑陋现象，古今中外皆有，从来就没灭绝过。这也是社会丰富性的体现。无恶哪有善，无丑哪有美。

丑恶现象是蟑螂，用什么办法杀戮都仅仅是控制它发展，而不能把它灭绝。诗人或诗歌也仅是灭蟑螂药中的一种成分。

088

一河北的诗友，给我发短信说："今晚看到了久违了二百天的月亮，心情真是晴朗。"并发来一张用手机拍照的月亮。显然，这位朋友是被雾霾天气折磨得死去活来了，看见本是寻常之物的月亮就大发感慨。月亮出来了，天晴朗了，雾霾今夜不在了。这些都是在恢复月亮的原始意义。想想，我们活得真是可怜！本应夜夜有，现在却二百天无。久旷一见，如何不亢奋！

月亮被长期遮蔽，受伤最重的当属诗人。

月亮在诗人眼里是什么？"月儿弯弯照九州"、"长安一片月，万户捣衣声"是略带忧郁的晴朗夜空，使用的还是月亮的原始意义。唐朝的王涯说："不见乡书传雁足，惟看新月吐蛾眉。"王涯的月亮是心中的美人。李白说："举头望明月。"李白的月亮是故乡。李贺说：

"大漠沙如雪，燕山月似钩。"李贺的月亮是兵器。张若虚说："江畔何人初见月？江月何年初照人？"张若虚在发问：鸡生蛋还是蛋生鸡？苏东坡的"千里共婵娟"用月亮相思，等等，不一而足。我相信，世界上没有哪个国家像中国诗人这样给月亮赋予这么多的隐喻、借代、暗指。就连美国宇航员登月，美国政府都提醒："注意，月球上有一位养兔子的中国美人。"当然，这是美国人的幽默，但也足见中国人对月亮的向往感情。

被赋予了这么多意象的月亮，若二百天不见，与二百天不见心仪之人何异！

雾霾是人类自己造孽的结果，是大自然的报复。试问：我们只制造了大自然的雾霾吗？雾霾何其多，月亮只能躲啊！

089

看到一篇文章，是一青年女性写的。大意是看到张岱的《湖心亭看雪》后，对张岱的才情、洒脱、俊逸，钦佩有加，并誓言，要嫁人就嫁有如张岱者。

文章写得很好，对《湖心亭看雪》这篇文章的理解也很到位且有个人观点。只是读一篇文章就想嫁这个写文章的作家，确实有些唐突，至少是有待商榷。咱先不说张岱，就说说作家与作家的文章。不是所有的好文章一定是好作家写的，不是好作家都是可信赖的好人。如果，作家都是仁义礼智信的楷模，都是忠孝廉耻的榜样，就不会有"作文先做人"这一说法了。迷信一篇好文章，进而相信一个写文章的人，是一叶障目。

文坛上许多龌龊不堪斯文扫地的事，都是颇有名望的作家干的。古今皆然。

说说张岱吧，当初的张岱，有钱有闲有才有情趣，这几项都值得嫁，可他没责任心，没家庭观念，拈花惹草，男女通吃，你还嫁吗？老年破落的张岱很可爱，但是，老年的张岱自身已无爱他人之心了，他埋头沉浸在回忆年少的疯狂中，一边自慰一边忏悔。连自己都不爱了，何况他人?!

不爱别人的人，你嫁吗？

090

时下，收藏界十分热闹，收藏家遍地都是，而且一个赛一个的牛。各种物品的拍卖纪录也不断被刷新，刺激得拍卖行业蜂拥而起，生意兴隆。我一向对收藏家心存敬畏。一个好的收藏家应该是个学者，其所藏之物，应该是历史变迁、世态变幻的见证；是人类文明进程、艺术发展脉络的记载。我们许多说不清的历史，弄不清的艺术流变，都是靠收藏家所藏之物，才得以厘清的。而近些年，有一部分"收藏家"，我着实有些看不懂。主要是对他们的身份存疑。

当然，部分投资者以收藏家的名誉招摇过市，似可理解。可就有那么一些自诩为收藏家的人，处处大谈收藏、炫耀自己如何收藏、收藏了多少稀奇珍宝的人，其实是钱多了，饱暖生闲事或附庸风雅。我就见过一个自称是大收藏家的人。我相信他一定收藏了许多东西，也绝不怀疑他根本不懂收藏。一个胸无点墨、无历史常识、无艺术感受力的人，会成为收藏家？你信吗？反正我不信！我和这位收藏家聊了一会儿，就恨不得扑过去揍他一顿，或者求求他饶了收藏家的名号吧！可他就是趾高气扬地认为：他是天下第一藏家。他收藏的东西是五门八类，只要有人撺掇他，这个、那个东西好，值钱，他就收。不问价钱高低地收。收了干嘛，他不懂也不问。我觉得，他就是把钱换成东西了。若真能遇珍拾之，集成稀宝，也是对历史负责，给后世留下福荫。可听他高谈阔论时，发现他收了许多假冒伪劣，这不是客观地刺激了造假售假者们的行业嘛。不懂就被骗，是正常的结局。换个角度，如果他不以收藏家身份和我聊天，而是一个文物和艺术品的保护者和我闲侃，我还真的要敬重他。

想起读过清代文人梁绍壬《两般秋雨庵随笔》中的一篇《废纸》的一段话：

> 萧山蔡荆山出示册页一本，其中所潢裱者，乃成化时某县呈状一纸，万历时某科题名录一纸，崇祯时某家房契一纸，隆庆时某年春牛图一纸，宣德时某典当票一纸，弘治时某姓借券一纸，天启时某地弓口图帐一纸，景泰时某岁黄历太岁方位图一纸。数百年废物，以类聚之，亦入赏鉴，可谓极文人之好事矣。

看看，这"数百年废物"，没有"一纸"是好出身，更没有名人名家的手笔，但蔡荆山先生喜不自胜地收了。乐其事，不为保值升值。据查，蔡荆山先生既不是官宦家庭，也不是富豪士绅，甚至都不是上层士大夫。当然也不是"官二代"、"富二代"。蔡先生就是一个书生，一个真正的儒雅之士。可以料想：蔡先生喜好收藏，可财力不足，便走了"人弃我取"的路线（估计也是在类似潘家园那样的旧货市场里用慧眼去淘）。这样既满足了个人的收藏爱好，也为研究当时的社会政治、经济发展提供了有效佐证。

还有，收藏绝不是急功近利的事。若收了一件东西，就像买了某只股票一样，天天盼着它涨，那不是给自己找病嘛。收藏，是美学和社会学范畴。不能给你带来审美愉悦，你收之何益？当然，收藏也可以是投资范畴，但投资者不在儒雅之行列。所以，投资者就大大方方地谈钱，别把收藏家的高帽往自己的头上戴。一个投资商或投机商，硬把自己装扮成收藏家，就像活生生地把虎头豹额的张飞装扮成拜月的貂蝉，你喷饭不？你还不喷饭？我是恶心至极了。

091

闲翻《东坡文集》，看到东坡先生有这样两句诗："应笑谋生拙，团团如磨驴。"看完我就笑了。一是笑，过去咋就没读到这两句大白话呢？二是笑，这是说谁呢？苏东坡这等骨硬气豪的人，一生坎坷，但都是乐观地对待生存现实，他怎么竟也发出这般慨叹！不想说苏先生了，他的故事都是耳熟能详的。我读了这两句诗后，竟幻觉地认为苏先生是写给我的。于是，也感慨良多。

一位颇懂星座的朋友说我是毛驴座，开始甚为不解，十二个星座，怎么到我这儿就多出一个毛驴座来？读了苏先生的这两句诗，才算明白。原来毛驴就是"谋生拙"，就是要围着一个大磨盘，一圈一圈地负重劳动。我在农村见过驴拉磨，还要蒙上眼睛。蒙上眼睛是给毛驴一个错觉，脚步不停地走，好像是在前进，其实是原地转圈。毛驴的工作态度是极好的，属于埋头苦干型的。但，实在累了，心情不舒畅了，闻到异性驴的气味主人却不让见面时，也会伸长脖子嚎叫几声。尽管驴叫很有穿透力，噪音分贝很高，有时能吓跑老虎，却吓唬不了手握鞭子的主人。嘻，所谓嚎叫，不过就是发发牢骚而已。牢骚发过，照样一丝不苟地干活，眼睛依旧乖乖顺顺地被蒙上。

我是毛驴座，是不是"磨驴"呢？我"谋生拙"吗？我还真得好好逼问自己。

092

有一个词，过去轻易不敢用，觉得用在谁身上，自己的良心上都会受谴责。真用了，会对自己说："干嘛那么狠！"这个词是：无耻！若社会风气好，都仁义礼智信，人人都互相敬重，这个词确实是闲置没用的。大概就是因为总也没人用，或不好意思用，有些人就以为没有这个词了，所以渐渐地无耻之人、之事，开始明晃晃地大行其道。官方媒体对此类人与事有批评指责的报道，网络媒体更是对这类丑事糗事怒骂嬉骂巧骂粗骂脏骂人肉骂。可无耻之人，依然层出不穷，大有向世人宣告：我无耻故我在。何也？无耻之人必是无视道德底线的人，无敬畏之心的人。什么人会"无耻"？有权有势有钱者，肆无忌惮。贫苦到底者，穷凶极恶。还有狐假虎威者。

不是所有的有权有钱有势者、贫苦到底者，都无耻。无耻者，都是骨子里就有无耻这种基因，当得势或穷凶时，就把骨子里的东西露出来了。狐假虎威者，天生就是个无耻之徒。

为此，我常常内心悲凉。我怎么和这些无耻之徒同代而生！

罗曼·罗兰说："真正的英雄不是永远没有卑下的情操，只是永远不被卑下的情操所屈服罢了。"这就是说，谁身上都有无耻的细胞，只是心灵向往高尚者，不让无耻发作而已。那么试问：惯于无耻者，你身上就没有高尚的情操吗？

还好，世道人心是邪不压正。还有，有高尚者，必有无耻者。翻翻历史，高尚者的对面一定有一个无耻者。就像岳飞庙的门口一定有一个跪着的秦桧。

093

前些年，一个诗友用短信给我发了一首诗，是一首爱情诗。问："此诗如何?"我看了一遍，以为是他刚写的，就回复："很热烈，有顿悟，但说教性强。重要的是内涵不足，不是好诗。"

我这段短信，招来他对我的严厉批判，甚至断定我是个伪编辑。他说，这是中国最好的诗。

我自然是丈二的和尚，摸不着头脑了。一段时间里，这位朋友和我没有任何来往。后来，才知道，他发过来的诗，是仓央嘉措写的。我一方面谴责自己的阅读不够、孤陋寡闻，一方面对这位朋友肃然起敬。他对仓央嘉措竟如此坚贞，竟不惜与我决裂!

当然，我也不会向那位朋友道歉。在这里，我也不想讨论仓央嘉措的诗歌成就。或者直接说：用职业诗歌编辑的眼光去评判仓央嘉措的诗歌，是对仓央嘉措的不公平。仓央嘉措是个有诗性意义的高僧，不是诗人里的和尚。还有，仓央嘉措是用藏文写作的，我们看到的是被译成汉文的作品。看翻译成汉文的仓央嘉措的诗，其实大部分是看翻译者对诗歌的理解力和两种语言的使用能力。所以，仅我看到的译成汉文的仓央嘉措的诗，就非常值得尊重，也理解了那位为了维护仓央嘉措而和我生气的朋友。

后来我买了仓央嘉措的几本诗集，认真读过后，我对仓央嘉措也敬佩有加。仓央嘉措先生有信仰、有血肉，具备了诗人应具备的素养。我敬佩他诗歌中的感悟大于理性。

我一直记着仓央嘉措的一句诗："一个人要隐藏多少秘密，才能巧妙地度过一生。"这句诗，太直观，也太丰富，会触动每一个人的心底，会让每一个人在这句诗文面前沉默一会儿。

094

一个朋友送我一本《中国当代××史》。我是与生俱来地对史学很感兴趣。我把这本《××史》放到书桌上，泡上一壶好茶，开始捧读。读着读着，就兴趣索然了。这是一本粗线条的按时间顺序编排的各年发生的事件记录，且都是照本宣科的，没有编者的观点和疑问。这不是编史，是事件资料汇编。

说到编史，就不能不说司马迁。司马迁之前，《左传》、《春秋》等史书，都是以政治斗争、军事事件、权力更替为核心的编年史、断代史。司马迁写《史记》前，一定是看到了这类史书的问题：历史是人创造的，应以人为轴心。于是，他撰写《史记》时，就以人物为核心。一部《史记》，就是一部历史人物传记，鲜活、生动、庄谐互映，重要的是人们爱读，也耐读。无怪乎，鲁迅先生称之为："史家之绝唱，无韵之离骚"。

有编史爱好者，切不可轻易地编当代史，当代人说当代的人或事，一定会受到多方的质疑，而且也很难经受住时间或是未来的考验。编史，是一件多么严肃、严谨的事啊！对编者的美学观、史学观、价值观的要求是多么高啊！那是要"一览众山小"的啊！不得不奉劝一句：若想在编史上沽名钓誉或换些银两，真是比去皇宫里偷东西还难。

顺便也说说当代的评论家，评说历史的文章可读，说当代的人和事就可疑。

孔圣人说："《诗》三百，一言以蔽之，思无邪。"可孔圣人没说，《诗》三百，放之四海而皆准，任何时代都正确。于是，用《诗经》里表述的义理来衡量今天的事，就不好说了。比如那首《氓》。诗云："士之耽兮，犹可说也；女之耽兮，不可说也。"这里的"说"是通假"脱"，即"脱离"之意。用白话解释就是：男人陷入感情纠葛，很容易解脱出来，因为男人的排遣方式多；而女人陷入感情纠葛就不易解脱出来，女人总是围着锅台转，炕头到院门是最远的活动距离。于是就"独居深念，思蹇产而勿释，魂屏营若有亡，理丝愈纷，解带反结"。这个描述在当时或在封建社会里基本没错，而且中外亦然。一个欧洲的作家也曾这样描述："爱情于男人只是生涯中的一段插话，而于女人则是生命之全书。"

这个观点，我是十分认可的。无论在古代还是在近现代，男女的社会分工明显，社会地位差距较大，《氓》所述的那种情况是正常的。就像流行的一句话：男人是要征服世界，女人是要征服男人。可当下呢？

现在好像没几个人再说：男人都不是好东西啦。为啥？简单地说，没有女人配合，男人跟谁坏去？夸张地说，男人还有什么资格和能力保持坏的荣誉？

我就看到几个大男人被女人耍了，还为情而痴而不能自拔的。还看见有些女人换个男朋友或情人比换件衣服还容易的。不是物极必反，不是矫枉过正，是男女的社会分工和社会地位趋于平等了，是女士们在证明"谁说女子不如男"。如果还用老观念去对待情感上的事，男人就只能陷进泥沼而无法自拔了。有一句话似乎过于偏激，但可作为警示语：现在的女人都是可爱不可靠的。

《氓》中的"士"与"女"是不是可以对调了？我看也未必。

无论如何，男女平等是好事，是社会文明的标志。平等才能互相尊重，尊重才能热爱。但我担心现在的女士们没有改变"嫁汉嫁汉，穿衣吃饭"的价值观。常看到、听到女士们选择情侣的对象是金钱和权力的拥有者。这种情况，如果有爱，爱的也肯定不是那个男人。

都说：感情的事，最难说清楚。我觉得：爱，是件简单干净的事。说不清楚的感情，一定不是真感情；是脱离了爱，而为了其他利益。政治、军事、商业都可以有秘密。感情不应该有秘密。有秘密的事，才说不清楚。

爱，只能一往情深。爱，绝对不能等价交换。

　　一段时间里，一些青年女诗人遭到猛烈攻击。网络、短信、匿名信，满天飞。什么某女诗人和某某评论家、某某编辑好，所以才发的诗，等等。故事编得不新，所用词语除尖酸刻薄外无一长处。我就想问问：为什么总要质疑女诗人的身后一定会站着一个强大的男人才能写作？古今中外，那么多优秀的女诗人都是身后站着一个强大的男人？优秀者，必然出色；笨拙者，身后站着谁也不会优秀。

　　当然了，这些非议并不新鲜，古来有之。关键是现在有那么一些人，哪个女的写诗且写得好、发得多，就好像偷了他家的东西一样，就立刻给她编派一些歪的邪的故事。真乃怪哉！若要我解释，那就是一些心地龌龊的人，用龌龊的眼光去看一切。或者是自己写不出好东西来，谁也别想顺溜地写出好东西。有一两个龌龊的人，是正常的，若龌龊之人太多了，就不正常了。不能把诗坛当名利场来对待。诗坛在任何社会形态里都不会是强大的阵地，所以，别把发几首诗、得个什么奖看得太重。诗歌，除了能安慰自己，其他功能都是有限的。

我承认肯定有些女诗人利用一些手段刊发一些作品，但是，凡是使用手段发作品的人，一定是三流以下的诗人。这种人发点作品也不会有什么大影响，最多像得了感冒，几天过去，不医而愈。

还有甚者，某某人不断地用各种手段说某女诗人抄袭了他的作品，并把两个人的诗作呈给大家看。不看则罢，一看，怎么也找不到抄袭的痕迹。这就是某人的心态出了问题。若果真有抄袭的事，肯定是可耻的，是万劫不复的。要说明一下，偶尔的借鉴，不能划归为抄袭。

我来举个例子。诗人曹葆华的代表作《她这一点头》："她这一点头，是一杯蔷薇酒；倾进了我的咽喉，散一阵凉风的清幽；我细玩滋味，意态悠悠，像湖上青鱼在雨后浮游。"大家看着熟悉吧？曹葆华就是借鉴了徐志摩的《沙扬娜拉》写的这首传世之作。但比徐志摩写得好多了，徐志摩的《沙扬娜拉》最多是首三流诗作。能说曹葆华是抄袭吗？绝不能。

简而言之，靠非正常手段和抄袭的诗人，无论男女，都不可能是好诗人，最多制造点非诗的事件。好诗人，在起步时稍有借鉴也是在理解范围内的。

诗人，无论男女，满腹诗书下笔有神时，有点流言蜚语就当是另类广告吧。

一次大型的诗歌活动，近结束时，主办方在一个大会议室摆放许多桌案，请来参加会的诗人给留"墨宝"。许多人都纷纷拿着毛笔写字，凡是能拿毛笔写字的，好像主办方专门安排一些人在旁边高呼："好，这是真书法家！"当然，现场就有人对"书法家"这个称谓洋洋得意。一个朋友对我说："现在被称作书法家的人，有一亿。"我听了当时就一惊。一亿人是书法家？全国的十三分之一！若果真如此，国家之大幸焉！

我也时常用毛笔写字。我只是觉得一个中国的诗人，不懂得用毛笔写字是缺憾。掌握汉字的间架结构和书写的速度是写毛笔字的要义，也是写诗的要义。更重要的是体会"历史感"。没有历史感的诗，会无根，会浅表。所以，诗人写毛笔字，是诗歌创作的重要补充，而不应该向"书法家"进军。"书法家"是因社会分工而蓬勃壮大的，但，不懂诗情画意的书法家，也仅是个匠人。

说句大不敬的话：有些人是不敢去制作人民币，才去制作书画的。所以，有人一旦背上"书法家"、"画家"的名号，好像已看到身后滚滚的人民币了。

我想起读过的老舍先生的一篇文章，当时是按文学作品读的，近日又重读一遍，觉得社会意义更强。我把这篇文章常年放到我的书桌上，以便时时看看，让老舍先生时常对我耳提面命。这篇文章的名字叫：《写字》。

098

某日，一群朋友在晒自己听到、看到的民间反腐段子。说实话，有些段子编得真是有才，常常让我们这些靠写东西吃饭的人自愧不如。当然，更多的段子是借壳生蛋。比如借用妇孺皆知的古诗词来填新词，很机智，很风趣。其时，一个朋友说："某县的一面醒目的墙上，老百姓用特大的字抄写了《水浒传》里的一首诗：'赤日炎炎似火烧，野田禾稻半枯焦。农夫心内如汤煮，公子王孙把扇摇。'全县的老百姓天天都能看到，有关部门也不好给涂去。"我们心里都清楚，把这首梁山泊最初起事时的诗写在墙上的寓意。民怨近沸啊！

后来，大家散了。我突然想，这首"赤日炎炎似火烧"的诗是谁写的？当然不是书中人物白胜所写，是施耐庵写的吗？我依然存疑。因为许多小说中的诗是借来的。《三国演义》的开场诗就是借杨慎的，尽人皆知。那么这首诗究竟是借的，还是施耐庵自己创作的？我一点也不怀疑小说家会写诗，只是对小说中那些写得非常好的诗生疑。此疑，一直被我埋在心中。

一日，翻闲书，突然翻到了这首诗的原型。晚唐大和年间有位名声不大的业余诗人，叫颜仁郁，是个小企业家，官职是福建泗滨陶瓷场的场长，业余时间喜欢写点诗。他的原诗如下："夏日炎炎如火钻，野田禾秀半枯干。皇天不雨农家望，何恨龙神不我看。"这首诗，确实有点业余，无论如何也不能和施耐庵的那首诗PK，但施耐庵借用的痕迹也相当明显。施耐庵是抄袭吗？非也！能说施耐庵是创作吗？亦非也！第一，小说家在书中借用他人的诗词，或稍加改动嵌在书中，是在不成文的允许范围的。情节、人物都能虚构，何况借用几首诗词，只要对小说的故事发展有利，"拿来"就是。第二，施耐庵也不完全是借用，而是进行了再创作。第三，也是最重要的，施耐庵并没有把借用或再创作的作品，寄到《诗刊》来投稿，仅是作为小说故事发展的一个小细节。不当原创的诗歌发表，就等于承认不是自己原创。

现在，许多诗歌作品涉及到如何界定是否抄袭的问题，不知以上我对施耐庵那首诗的解读，是否有帮助。

099

近年，在鲁迅文学院带诗歌组的学生，指导诗歌创作。我常问自己，用教学手段来培养和教育能不能诞生诗人？

这个问题，应该是没有定论的。即使名牌大学开设一个诗歌系，请名教授来教授课程，也未必能培养出好诗人来。大多数诗人都是自己"悟"出来的。那么，我面对学生时，能做什么？我要做的仅是增强他们的诗歌写作知识，给出一个尽可能正确的创作方向。

我谓诗人，大概有三个层次：知识型，智慧型，天才型。

这三个层次又是阶梯状的。没知识，不可能有大智慧，没大智慧，就不可能完成天才的写作。

占有更多的知识是诗人创作的底蕴，是使作品丰富饱满的基础，诗人的知识量就是作品中的文化信息量，知识是基本技能使用的保证，是人生价值观的判断依据。智慧是境界，是参透和顿悟的能力。天才是有知识、有智慧后的火山爆发、瀑布奔泻和海阔天空。李白、李清照是天才；杜甫、杜牧仅到了智慧这一层；至于孟郊、贾岛这样的"郊寒岛瘦"，也就是有知识的诗人。

于是，我对学生做的是：让他们补充知识，启发他们的智慧，激励他们挖掘自身的天才潜能。

诗人不是手把手、耳提面命就能教出来的，更不可能"熟读唐诗三百首，不会写诗也会溜"。石头蛋无论怎么加热，也不会孵出小鸟来。

100

2013年《诗刊》年度奖得主是雷平阳，按我们设定的奖项内容是除颁发奖金外，还要给获奖者出版一本个人诗集。雷平阳给我打电话说："我自己找人做装帧设计吧。"我说："好啊！"他的书设计得很漂亮，只是在封皮外还要加个腰封，我看着不舒服，就给去了。为什么要加个腰封呢？为醒目？为加几句关键词提醒购买者，或加几句所谓名家的溢美之词？我果断地取消了这本书的腰封，就是觉得：你是雷平阳，有什么不自信的？

据说，图书设计腰封是从服装设计师那儿偷师而来。可后来，服装设计师们为美女设计了露脐衫，美女们个个不怕胃寒肾虚地都穿着露肚脐眼的衣服。美女露的是腰中的妖风，露的是"我很瘦"。可图书却要扎上一条腰带，补上一块补丁。有的腰封把书的下半部分全遮住，像穿了个长筒袜。腰封上印了这本书所有想说的话，大有读完腰封，就不用再打开这本书的意思。

如果，哪位图书设计师能给书的腰部挖一个"肚脐"露出来，还真是大胆别致了！

我对图书扎上腰带感觉不舒服，对美女们穿衣露肚脐同样不舒服。觉得都是缺乏内在的自信。反正，我儿子要是找媳妇，我一定会严厉地告诉他："穿露肚脐衣服的女孩，咱家不要啊！"

书和美女一样，都要看内在的文化含量，绝不看穿了露什么或怎样另类的外衣。

101

当下的人都在讲养生。生活好了，人们想多享受一些时日的幸福生活，这是人人都希望的事。于是，围绕着养生，社会上各类稀奇古怪的事和坑蒙拐骗的事，都出来了，假医、假药、假大师、大仙都纷纷登场。这个假医、假药和假大师、大仙不是我要说的话题，我要说的是一些诗人、作家，也跟着轻信所谓养生的歪理邪说，聚在一起，大谈养生心得。我听着，不敢笑，只好走开或看看手机上又有什么新鲜段子。

我想说一个人：庄子。这老先生活了八十三岁。那时生活品质低下，缺医少药，没有营养品；当然，那时也没有地沟油、三聚氰胺、苏丹红等。

庄子先生用什么办法养生呢？他在《养生主》中说：养生不是体育锻炼，不是吃营养品，是要养生命之火柱，即养灵魂。灵魂安适，则生命之火必旺盛。

生命不仅是活动着的肉体。肉体的活动若无灵魂的加入，无论仙寿几何，也是低级的。养灵魂，大概就是臧克家先生说的：有的人死了，他还活着。

我们必须要热爱生命，要尽量地多活些时日。在活着时，尽量地让灵魂安适，并能够得到有效的释放。肉体会被用旧，用残，用废，"神龟虽寿，犹有竟时"。

但，一个饱满的灵魂会穿越千年。像庄子等。

有一种说法：在艺术行当里，谁活的时间长，谁就是泰斗。我不以为然。

唐代的李贺寿短，可至今他还活着。有道是：有志不在年高，无志空活百岁。

　　一日，几个写诗的朋友在一起谈今年的诗歌年选的一些选本。据说，现在每年有四十几本"诗歌年选"。这个数字很可怕！怎么会有这么多人热衷于做"年选"？

　　一位朋友问我：商震，让你做个选本，如何？我说：第一，我不会做这事。不是怕挂一漏万，而是不愿意往热闹的地方挤。第二，我若真做选本，估计不会超过一百首诗。真的，一年下来，不会超过一百首值得选的好诗。

　　那么，这四十多本"年选"，都是怎么产生的？编选者的目的何为？我还真说不清楚。能看到的，有真为诗歌做事、为历史负责而编选的；有为市场需求而编选的；还有一些选本编选得很差，既不是同仁诗选，也不是某个专项、专题诗选，茄子、葫芦一把抓，我看了后，真是心疼那些纸张！为啥那么大胆敢做"年选"呢？哗众取宠？沽名钓誉？讨好某人？等等吧，许有之，许无之。

　　恕我直言，编"年选"者，自身要有很高的审美能力，要对当下的诗歌创作态势有很强的把握能力，要有严谨的历史责任感，要对诗人、诗歌有敬畏之心。真不是什么人脑袋一热就能干的事。因为，一个很差的选本，很可能给后世留下笑柄，或以讹传讹。

103

我很喜欢看练太极拳的，一次，在一个广场看到几十个人在练太极拳，我定定地从他们开始练看到他们收式结束。

我觉得，打太极拳和写诗相通之处很多。比如：要静。静，才能让五脏六腑归位，才能诗思万千。要脚下有根，头上有天。要柔中带刚，绵里藏针。要密处不透风，疏处可放马，等等。

脚下有根，是生活的扎实、具体；头上有天，是文化境界、审美趋向。

写诗，不是孤立的事，是和生活中的林林总总息息相关。生活中的任何一种事物、现象，须知其然亦知其所以然，谙熟了，参透了，必有顿悟，必得诗歌之营养。

永远不会相信，一个宅在家里，大门不出二门不迈，两耳不闻窗外事的人，会写出好诗。

翁同龢先生说："每临大事有静气，不信今时无古贤。"

104

常听到一些诗歌写作者说自己的生活环境恶劣，并因环境不好而写不出作品来。我觉得，诗人不该埋怨环境不好，不该谩骂或憎恨生活环境，更不该靠大声讥讽和谩骂来寻找自己的存在感。每个人的生存环境都大同小异，不可能有一个特别适合写诗的环境，有阳光、空气和水的地方，都是适合写诗的地方。

诗人不能只享受生活，而不去适应环境。智慧的诗人会使环境和事物适应自己的思想，会在环境中汲取营养和力量。抵触，是拒绝；拒绝，就是孤立；孤立就无法获取营养和力量。失去了环境的营养和力量，自然就不会有诗歌产生。

说句实话吧，在生活中，常以诗人自居者，都是孤立的人，无为的人。

再狠点说：那些一事无成的人，一定是一身无能的人。

一直想谈谈当下诗歌批评的状况，一直都懒得去说。就像我们经常看到有人当街扔垃圾、吐痰一样，因司空见惯而认可。我这样说，并不是当下没有好的诗歌批评和好的诗歌批评家，而是好的批评和好的批评家太少。

有一个现象是奇怪的：这些年都想当批评家，竟使得批评家多如牛毛。批评家多不是怪事，自诩是批评家者太多，就是怪事。最怪的是：只会肤浅地表扬也自称是批评家。为啥都想当批评家？不言自明：有利可图！骗钱者有，骗色者亦有。沽名钓誉者多，无知蒙事儿者多。具体例子我就不举了，给那些假批评家留点面子，也给自己积点阴德。

我们需要什么样的诗歌批评家？当然是有知识、有个人见解、有自己主张的思想者。思想者是永远醒着的人。那么，批评家应当是经验的，还是理性的？

我想：没有理性支撑的人难为批评家，同样，没有经验的人也难称批评家。经验和理性不是一对天敌，对批评家来说是"人"字的一撇一捺。一个批评家，首先要对文本提出"为什么",并能回答这个"为什么"。要在理论的范畴里自圆其说,要能征服作者和读者。不是把书本里的专业术语堆砌在一起吓唬人,也不是对作品中的字词句进行反复推论。我想大胆地说:诗歌评论绝不是科学范畴,或绝不可能成为一门科学。

首先,诗歌批评一定要具有强烈的个人性,失去了个人性的批评,就是对以往理论的总结和归纳。其次,诗歌批评所关注的价值是情感,而情感恰好是科学要忽略的价值。若像分析天文、地理那样去分析诗歌,像辨析石头的纹理、植物的叶脉那样去辨析诗歌,诗人还能是感情动物吗?

诗人是感情动物,诗歌作品也是感情的产物,在感情世界里,怎样产生科学?

诗歌批评只能是对所批评的作品给批评家的感受做推理论述,而这个论述的检验标准是感情,不是宏大理论的卖弄,不能用一种道德代替另一种道德,更不能用书本理念代替感情。

至于那些打着批评家的幌子,挪用一些貌似高妙理论来蒙事儿的人,就不多说他们了。因为,他们只能蒙低俗的人。

106

做了二十几年文学编辑，最怕的事就是走到哪儿都躲不开文学。上班读文学稿子是职业需要，可是和朋友吃个饭，也要有人和你谈文学，喝个茶也有人和你谈文学，游山玩水时，也会有人跑过来和你谈文学。真烦！我当然理解那些不失时机来找我谈文学的人，可就是没人理解我这个想不失时机躲开文学的人。

能正身修德的是世道人伦；能滋养心脾的是风花雪月。所以，我从事了大半生文学，还是关注世道人伦，热爱风花雪月。

107

前些日子，看到一位久违的女士。真是士别三日当刮目相看。原来的一副苦哈哈的脸，现在竟是春光灿烂。一问，方知她五年内离了三次婚，并靠离婚发财了。真是生财有道啊！

我们不去说婚姻法怎样努力地保护女性而让一些女

性有了靠离婚发财的"道"，也不想说用婚姻形式卖身比妓女光彩多少，只想说：用神圣的婚姻发财，不是把自己弄得只有虚情假意了吗?! 尽管我们每个人也不可能在婚姻状态里完全是真爱，但绝不能完全是假爱吧!

我得到的体会是：虚情假意无人能得到真正的幸福，无人可得到安宁，也不可能有真正的性爱。

用肉体愚弄自己，总有一天情感会发起报复，而且会是毁灭性的报复。像民谚说的那样："不是不报，时机未到"。发这个感慨的同时，也要发问：哪个婚姻还是可靠的? 即使不怕失财，还不怕失去使用真感情的胆量吗?!

108

杜甫的《绝句四首》之一："两个黄鹂鸣翠柳，一行白鹭上青天。窗含西岭千秋雪，门泊东吴万里船"，应该是尽人皆知，这主要归功于历代书法家。书法家不断地抄写、悬挂，使之传播有力。当然，也不能抹杀课本的力量。在中学课堂上学这首诗的时候，我的记忆极为深刻。老师讲的是：这首诗，写出了杜甫当时的复杂心情。大意是：诗人对绚丽多彩的早春图像，分别从视觉和听觉两个角度进行刻画，尤其是门外泊的船，来自"东吴"，此句表明"安史之乱"的战乱已平定，交通恢复。诗人睹物生情，想念故乡，并强调用一个"泊"字，有其深意。

许多年来，我一直不敢对老师的讲解生疑。可是，我现在的职业要求我必须把这首诗的真正意义解读出来。我反复地读，也查阅了一些资料。像我的中学老师那般解读的占大多数，合我意者几近于无。我只能憋着。大有在朝堂之上有人指鹿为马，我却不能说真话，还得"诺，诺"之态。现在我想大不敬了：这首诗，就是老杜做的对仗练习！他同时写了四首绝句，唯这首是写着玩，或唯这首是为了炫技而写。

这首诗表现的是四个独立的图景，谁也不挨谁！对这首诗的其他解读都是牵强的，或是读者自己的再创作。如果这首诗还有什么具体意义，那就是对仗练习的范本。

这首诗写于公元764年的成都草堂，"安史之乱"已平定一年多了。杜甫此时正是消遣悠闲的时候。我们可以看看他同时写的另外三首：

一

堂西长笋别开门，堑北行椒却背村。

梅熟许同朱老吃，松高拟对阮生论。

二

欲作鱼梁云复湍，因惊四月雨声寒。
青溪先有蛟龙窟，竹石如山不敢安。

四

药条药甲润青青，色过棕亭入草亭。
苗满空山惭取誉，根居隙地怯成形。

读了这三首诗，足见杜老先生正在饱暖生闲事。

优哉游哉的杜老夫子想写诗，又无事无激愤无牵挂，可是春天来了，还是要写点啥，就提笔练习一下诗歌对仗中的字对词对句对音对色对等，"两个黄鹂"对"一行白鹭"，"千秋雪"对"万里船"吧！哪里有"战乱平定，交通恢复"和"思念故乡"的感慨！再说，"安史之乱"根本就没影响过长江流域的交通。不知今天的课本还有没有这首诗，不知道今天的老师们怎样讲解这首诗，真替学生们担心！

我还要说的是：不是诗人写的每首诗都一定具有深度解读的意义。无论李白、杜甫，还是谁谁。

109

有一句近乎俗语的话，叫：一字之师。这句话听起来像玩笑，像戏谑。而在诗歌创作中是常见的事。一首诗中，一个字的改动常常可以让整首诗鲜活起来、生动起来、辽阔起来，此类事例很多。但改动的这个字，基本是动词或名词。比如："大江日夜流"不是诗，是自然状况，可改动一下动词的位置，变成："大江流日夜"，就是诗了。这一改动，使得时间、空间强行并置，历史和当下同步运行，互相映照，互相渗透，意味悠远。

"一字之师"是存在的。真有为自己改动一字而成好诗的人，应视为一生之师。

有些人写了诗，不喜欢别人改动。好像他写的诗是金铸的铁打的。除了"敝帚自珍"值得尊重外，其余就是自恋、自闭、固步自封了。

好诗是改出来的。此类事例就不赘了。

写诗，千万不要被自我感动所欺骗。

诗歌被误读是经常发生的事，而且是正常的事。

诗人写诗，是想让感动自己的情绪在另一个或另一些人身上再震动起来。甚至，有些诗人在作品中设定了特指物象，试图引导读者解读的方向。但是，读者在阅读时是自由的，是诗人不可限定的。其实，诗歌创作，不可太用心机，只管忠实创作时的情绪，任何多余的想法都可能是镣铐或通向死亡谷。

读者怎样去读，不是诗人要担心的事。许多伟大的作品都是被误读出来的。最典型的就是卞之琳先生的《断章》。这首短诗，本是一首长诗的一节中的几句，发出来后，被读出了伟大。卞之琳先生从写这首长诗到截取这首短诗时，一点也没想过会伟大。

误读，不是错误地读，是违背诗人原意地读。还有一个典型的例子：一首诗被作为考试题去考学生，而诗作者本人却目瞪口呆地一道题也答不出来。

读者读诗，无论喜爱还是憎恨，大多都会违背诗人创作时的意图，因为读者都是从社会属性的角度出发，从自身的文化修养、生活经验出发，而不是从诗歌本身的要求出发。那些年的"梨花体"、"羊羔体"也是这么误读出来的。

《增广贤文》有这样的话，叫："不是才子不献诗"。才子者，诗人也。

就一首诗的社会性而言，诗人创作出来的诗只是一小部分，大部分是由读者来完成的。什么思想性、美学意义、文学价值、修辞力量、生活本质、社会反映等等等等，都不是诗人创作时刻意设定的。

说到末了，一首诗一定要经过读者"误读"的再创作，才算彻底完成。当然，有的诗被读成了伟大，有的诗被读成了垃圾。

111

见到一老者，面对比他小近四十岁的人说："你是著名评论家？我都不知道，你咋就著名了？"当时，他尖酸刻薄、扭曲的脸，像一张揉皱的手纸。

据说，此老者曾写过一些文学评论，并自诩为"判官"。我自认为是个爱好学习的人，所以，就去找来这老者曾写过的评论文章，发现全是空泛的文字，既无自己的观点，更不见才情，最多的是摘引某某说、某某论。我就怀疑当初他是咋"著名"起来的。后来得知，他曾在一个文学创作研究部门工作过。哦，是位置著名！还有他自诩是"判官"，这就好解释了，判官是对有问题的人起作用的，或是对鬼有用。

那天，他对着年轻人吼"你咋就著名了"时，我心里还嘀咕：咋就这样为老不尊呢？读了他写的东西才明白，这老者就是一个徒具虚名的无才无德之辈。放大声音说话和训斥年轻人，都是因为心虚。

不尊重年轻人的老者，不会受到任何人的尊重。凭年龄大去倚老卖老，不过是老不要脸矣。

112

诗人一定要天真。天真不是幼稚，不是简单，是有天地之真气，天地之真心。《易经》复卦中说："复，其见天地之心乎"。爻辞解曰：出入无疾，朋来无咎，反复其道。我更愿意把它解读为：诗人应具备天地之心，或诗人应具备爱憎分明的立场。

天地之心，是明月耀苍茫，桃花笑春风。

诗人是最该明确地分辨忠奸、善恶、美丑，最该旗帜鲜明的。对文要细辨优劣，对人要判善恶。诗人可能找不到终极真理，但要找到一个能安放个人身心的有天地真情之处。

好诗人之间大多是好朋友，像李白和杜甫，年龄相差很多也能"遇我宿心亲"。一个好诗人遇到另一个好诗人，未必要事事合二为一，但是观点、立场一定是同一的，有点像一加一大于二。梅列日科夫斯基在形容托尔斯泰和陀思妥耶夫斯基的关系时说：他们两个"像是两块对立竖放的镜子，无限地反射对方，深化着对方"。古今中外，此类例子甚多，此处不赘了。

我一向认为，天下最牢固的友情是好诗人之间的友情，澄明、透彻、肝胆相照，没交易纷争，没利益纠葛。文本上可以有分歧，审美立场一定趋同。

当然，不是所有的好朋友一定会同仇敌忾。但是，态度一定要明确，在关键问题上含糊、暧昧，做好好先生，估计，与好诗人成为好朋友也可疑。

有天地之心者，真情真意不会稍纵即逝，而是生生不已。

113

突然想起了曼德拉，想起他的一句话："我从来就不是圣人，而是一个不断努力的罪人。"曼德拉坐了二十七年的牢房，出狱后，他宽容、豁达到没有一个敌人，进而获得全世界的爱戴。他出狱后一直在说：通过爱，我们能够创造希望。这让我想起《诗经·草虫》中"我心则降"、"我心则说"。一个人想着去爱，首先要把自己的姿态放低，并且是愉快地放低。

我一直在思忖：是什么让一个不屈不挠的斗士，变成一片浩瀚无际无所不容的海？什么力量能把心灵的折磨、肉体的疼痛都忘掉？答案是：只有爱。人都是知其来，而不知其去的。但是，抱定为爱而活，必定知道会死在爱里！曼德拉的词典里，爱是宽容。像弥勒佛大殿的对联所写："大肚能容容天下难容之事"。即使是与邪恶斗争，也要宽容，也要爱！这对俗常的人是何其难能啊！

中国人讲的是："冤有头，债有主。""善有善报，恶有恶报，不是不报，时候未到。"看看，没有一点宽容的余地。

向曼德拉学习爱和宽容，是我刚悟到的。但是，肯定还没悟透。原因是我到《诗刊》工作后，一直有几个恶小在对我施恶，初始我不予理睬，后来这几个恶小越来越疯狂，我就有些心里发狠，心想："老子啥也不要了，也要把你弄得生不如死。"为此我还写过一首诗。

这首诗一直不敢拿出来示人，是怕被大家看到我的恶。现在，我一切释然，不妨晾晒一下。当然了，我有足够的勇气亮出我曾经的恶。诗如下：

卑下的情绪

对有大邪恶的人
做一点恶事
应该得到原谅
比如挑断恶人的脚筋
让邪恶从此力不从心
或者把他按倒在地
像岳飞庙前永远跪着的秦桧
想着想着，手里好像已握着一把尖刀
接着就去百度查询挑断脚筋的方法
查着查着，心里就有一团棉花堵着
唉！善恶对峙几千年
一把刀和挑断一根脚筋无法彻底了结

邪恶的人
是苍蝇蚊子
用毒药扑杀

也仅是暂时有效

我拿出一支烟
用烈火把尼古丁点燃
再从嘴里吐出毒气
我要用邪恶的力量
把邪恶埋葬

把这首诗和当时的心境摊晒出来，也算是摆脱了曾经的枷锁，虽然稍晚，也聊胜于无吧。

向曼德拉学习，用爱和宽容消解戾气。

114

我在《人民文学》工作时，一个写小说的朋友来找我，让我看他的小说，问为什么总投稿，总通不过。

我看了一遍后，说：你这篇小说，没开篇就想好了谁是好人、坏人，谁是骑墙派。你这是带着爱恨的笼头旗帜鲜明地去写的。小说不该是这样的，真的。其实，你在笔下写一个坏人的时候，首先你要爱他，要陪着他慢慢地坏，他可以去做坏事，他和你一样肉眼凡胎，和你一样吃五谷杂粮长大,只是在某些善恶、美丑、是非、真理面前他的表现不一样:有的人贪财,有的人爱色……我想我们抛开政治因素以外,去说人本身的七情六欲,每个人心里都有恶。你在处理一个你认为在道德意义上应该受到诋毁、鞭挞、抨击的人的时候,你最好把你心里曾经藏着的恶,被你压制的恶,慢慢拨亮,陪他慢慢长,这个坏人才可信。同样,你在写一个好人的时候,你可以把你个人心里向往的、追求的,已经存在的善,把它放大,陪着好人慢慢长大,让他的善逐渐地发光。你要爱你笔下所有的人物,因为你爱着他,他就像你身体的一部分一样长大,他的血肉就丰满,就可信,就生动感人。如果概念化、脸谱化地认为一个人就是坏蛋,是一个贪财鬼、色魔,难免概念化。理性地说,任何一个作家都不可能是法官,不可能对笔下的人物,包括社会事件给个一锤定音的定义。可能有的人不愿意接受,作家不要,也不可能成为一个有实际意义的道德评判者。如果事先就把自己放在一个道德评判者的身份上,难免要让笔下的人物戴着面具,带着理性的观念。那么,结果就是你的小说不可信,不感人。

电影《平原游击队》是歌颂党领导的游击队抗日的作品,但在"文化大革命"时被批判了,原因是演员方化演的日本鬼子中队长松井太像,血肉太丰满,感情太丰富，电影给他的镜头太多了。我们现在可以这样想：如果方化不是一个优秀的演员，剧本作者不是一个优秀的作家，这个戏不会感人。他也可以概念化，让日本兵一出来就装凶、装恶，大伙儿一看就知道是反面人物，完成美学概念的要求，但失去了文学的感染力。文学就是要交代：他是怎么变恶的？

写恶人时，你要爱这个恶人，要让他一寸一寸地长高，一两肉一两肉地长肥，他就生动了，可信了。他可恶了，你就咬牙根了。

作家判断社会事物，虽然要学会"望、闻、问、切"，但不能开具体的药方。即使作家不期然地做了个法官，做了个道德的评判者，但是这个结论不是作家应当下的。你读了有你的判断，他读了有他的判断，如果你写得生动，大家在同一个审美层面上，那么这个判断大致差不多，我是说在道德、真理、是非上差不多。

一句话吧，你写什么，就要爱什么。

115

二十年前读武侠小说，真是上瘾，可以说是废寝忘食。金庸、古龙的书，得到就看。最有意思的是，看完一本武侠书，好像自己就已经有了武功，而且每看一本就会增加一些功力。那时，在路边看到一块石头，就想伸手一掌把石头劈开；看到一堵墙或一棵树，就想用"降龙十八掌"给打倒。已经有了走火入魔的势头。后来，突然醒悟，金庸、古龙等人是作家，是编故事逗我们玩的。

当然，也明白故事里的事，说是就是，说不是也是。作家把人间那些善恶美丑、人生百态，用一些怪人、奇人来演绎。寓教于乐啊！后来自己写东西了，也深谙此道。

我记忆很深的一部古龙先生写的小说叫《绝代双骄》，里边有"十大恶人"。这"十大恶人"之一，有一位叫：白开心。白开心的格言是"损人不利己"，他专干莫名其妙的坏事，无明确个人目的的坏事。最后，死于另一个恶人哈哈儿之手。

大凡小说中的恶人，最后的结局都是死于另一恶人之手。也就是说，善良的人，都懒得对恶人下手，让更恶的人去消灭恶。

至今没明白的是：古龙先生在哪儿找到的白开心的原型？为啥把损人不利己的人写得那么恶？

生活中，确实有那种看不得别人过好日子的人。别人过上了好日子，好像花了他的钱，住了他的房子，享受了他的幸福。于是，就想着怎么把别人的日子弄糟，怎么把别人的房子给拆了。

这种人的表现也是人类劣根性的一种。

古龙先生只写了十种恶，其实，生活中恶人的种类远不止这十种。

善的进步永远也跟不上恶的发展。就像电脑病毒，杀毒软件永远跟在病毒的后面跑。

116

语文课本选什么诗歌，是教育部门的事，我没能力建议，也不想议论。反正学生们在课本上学到的文学及诗歌创作的知识，几乎是零。多少年来，我们的语文课本都是按政治课的内容去选文章，老师在课堂上也只讲中心思想、段落大意。艺术创作手段和文本结构几乎是不讲的，更不能奢求讲些文学性、诗性意了。

最近听到、看到许多人在议论歌手周杰伦的歌词《蜗牛》入选课本，并且当做励志诗歌选入，我依然不为所动。周杰伦是有音乐天赋的，我喜欢他的《青花瓷》和《菊花台》，可能他还有许多好歌，我没听到。但最初听到的那首歌叫"双截棍"还是叫"双斜混"，至今我也没弄清楚。我曾固执地认为：唱歌就要字正腔圆。所以，一直不相信吐字不清楚的人会把歌唱好。市场需要或青少年喜欢，都不能代替艺术判断。后来听了他几首歌，才顿悟，音乐本来是可以不用添加词语的。周杰伦的音乐表现力很强，歌词的吐字是否字正腔圆就"白璧微瑕"吧。

这首被选入课本的《蜗牛》我没听过，歌词也是因为纷嚷着入选课本了，才到网上搜来看看。看完了，那种"先天下之忧而忧"的文人病就犯了，一股怒火就往脑门上冲，就想骂人：选课本的都是些什么人？真的决心把中国五千年文化彻底摧毁？真想让子孙后代都变成文化穷人？这个歌词是诗？它有励志的功能？真他妈混蛋！

更可气的是，我在"作文网"上看到一篇解析导读《蜗牛》的文章："《蜗牛》的美在于它唯美的意境。蓝天，阳光，绿叶，轻轻的风，随着叶片往前飞的梦想，一切都是那样的和谐自然，画面明净，清新爽朗，读来有如春风拂面，旭日照身。《蜗牛》的美在于它单纯的梦想。它虽然很渺小，但是它依然有自己的憧憬，自己的梦想。它的梦想，不是雄霸世界，不是唯我独尊，而是'等待阳光静静看着它的脸'，只是'在最高点乘着叶片往前飞'。这份单纯而美丽的梦想应该让我们感动！

《蜗牛》的美在于它执著的信念。'我要一步一步往上爬，等待阳光静静看着它的脸'，'我要一步一步往上爬，在最高点乘着叶片往前飞'，'小小的天有大大的梦想，我有属于我的天'。这些句子在歌词中回环往复，重章叠唱，非常有力地展现了蜗牛奋斗不屈的精神。在这首歌里，蜗牛的信念成了一道风景，就像逆风挺立的松林，坚韧而不可动摇。《蜗牛》的美在于它的无怨无悔。'该不该搁下重重的壳，寻找到底哪里有蓝天'，蜗牛的心中也有彷徨，也有负担，但是，更多的也是最后的选择却是无悔和坚强！'历经的伤都不感觉疼，我要一步一步往上爬'，'重重的壳裹着轻轻的仰望，我要一步一步往上爬'，这里体现的不仅是蜗牛的坚强，更是一种永不放弃、无怨无悔的崇高品质！每一个人都有自己的梦想，每一个人也都在思考着如何去实现自己的梦想，但并不是每一个人都能做到像蜗牛一样执著追求，无怨无悔。我们不是蜗牛，但我们却应当拥有歌词当中的蜗牛精神，撑起我们前进的勇气！"

看行文像是一位语文老师写的。负责任地说：这段文字虚泛、牵强、穿凿附会、无才、无识，属于没屁硬挤型的文字。

近些年，各行各业的人都对传统文化失去了敬畏之心，没有什么不可以拿来玩的，完全陷入"上帝死了"

的状态。满街都是佛门、道教、儒家的"大师"，满街都是"国学专家"。什么事物高尚、受尊重就糟蹋什么。现在终于轮到糟蹋课本了，糟蹋我们的子孙后代。有人告诉我：你别傻了，课本早就被糟蹋了！

果真如此？我们只为自己这一世而活？不给子孙后代留一点值得尊重的东西？真是悲悲切切凄凄惨惨戚戚也！

117

一次，我在某地做诗歌讲座。讲座结束后，有二十分钟的交流。一位朋友站起来问我："现在的诗歌，都脱离现实。怎样能让诗歌回到现实中来，回到人民大众中来？"

听了这个提问，我差点就想告诉这位朋友：你这个问题是你不懂得诗歌的问题。可我是被请来讲座的老师，不是来吵架的斗士，必须耐心，必须和蔼。

我稍顿了一下，说："诗歌从来就没离开过现实，很有可能是你的阅读太'现实'。不能要求诗歌去指导现实生活，更不要在诗歌中找生活指南。时代在前进，物质生活和美学领域都在前进。当人们大踏步向物质甚至货币靠拢的时候，诗歌正昂首挺胸地走向美学领域的广阔和对生活本质的深度挖掘。用'货币万岁'的心态去读诗歌，诗歌肯定是脱离现实的。诗歌是艺术品，不是有着很强操作性的菜谱。至于怎样回到人民大众中间，我的答案是：诗歌是文学作品的贵族，身上有贵族血统的人才能读诗歌。我说的'贵族'，当然指的是精神层面的。大家一定有过诗歌混迹大众中的记忆，比如：'大跃进'诗歌、'文革'诗歌、'小靳庄'诗歌等，那些有激情、有煽动力的分行文字，曾深入大众，妇孺皆知，三尺小童便可背诵，可那不是诗歌的力量，是政治的力量。那些押韵、分行的口号式的文字，对那时诗歌的进步没有一点帮助，反倒让大众以为诗歌就是那样用来'鼓与呼'的。其实，诗歌是小众的。读诗必须是你爱我，我也爱你，才能产生的知音。"

还有一次讲座，一位听众朋友问我："先锋性的诗歌，怎样在语言上表现先锋性？"我回答："诗歌都具有先锋性，不是某些人自我标榜是先锋诗人，才能写出具有先锋性的诗歌。诗歌的语言没有先锋与落后之分，诗歌的语言永远都忠实于当下。古代人忠实于古代，当代人也必须忠实于现代汉语。不可能有为创造未来式语言而创作的诗歌。至于，一些修辞手段和创作手法的使用，那不是先锋性，是技术。"

多次讲座中，我觉得这两个问题比较典型。也许很多朋友的心里还装着这两个问题。

118

一位诗友问我："写了这么多年了，为什么没进步？"我开始不知道该怎样回答，因为涉及他写作的具体问题。可我又不能不回答，我就狡猾地说："能登顶金字塔的有两种动物，一种是鹰，另一种是蜗牛。鹰有天赋，蜗牛有耐心。如果一个诗人有天赋又有耐心，就无顶不登了。"

说是狡猾，其实也是真理。任何事情的成功都只有这两条路。当然了，写诗确实没有一个具体成功的标准。因为：诗无极。

自己满意了，就算写好了。不过，每写一首诗自己都满意，也就止步不前了。

119

不断地听到"诗歌边缘化"的声音。我不得不说说"诗歌边缘化"这个问题。

还是让我顺着传统这条线索，简单梳理我们的文明和文化传统，以及与下列这些伟大的名字间的关系：屈原、司马迁、嵇康、阮籍、陶渊明、王维、陈子昂、李白、杜甫、白居易、贾岛、孟浩然、李贺、李商隐、苏轼、黄庭坚等等，在我们这个由"官员——诗人"或"学者——诗人"建立起的传统的国度里，上列先贤，无一人不是处在他们时代的边缘，或被那个时代边缘化后，才发出自己的声音。

首先，我们不能离开或忽略诗人所处时代的社会经济、政治、物质和文化的大背景，去片面和孤立地探讨他们的声音位置。其次，诗歌在任何时代都没有能够直接介入、干扰、改变社会经济、政治、物质和文化大背景。也就是说：诗歌声音的位置一直在边缘。那些希望诗歌具有干扰、改变社会功能的诗人，都被社会经济、政治、物质击打得头破血流。现在对当下诗歌"边缘化"的讨论和反思，其实是从上个世纪九十年代开始的，而这个讨论一起步，实际上已经是一场高于诗歌本身的现象或围观，并不来自诗歌本身，我们大可不必惊慌。或者，我们可以放眼世界诗歌史，也会听到经久回响着像荷尔德林、里尔克、佩索阿、兰波、波特莱尔、狄金森、曼德尔斯塔姆、策兰等边缘的声音。这一方面证明了"诗歌无疆"，另一方面，也说明诗歌的

"边缘化"问题是全球化的问题。

历史和社会的变革，必然产生边缘化问题，它符合事物发展本身所特有的"中心离散化"规律。因此，主流和非主流、中心化和边缘化都是动态的，边缘化现象并非一成不可变。对诗歌而言，边缘化是有好处的，至少，它争取到了艺术的独立和自由，不再是时政的逐利者与宠臣。甚至，我们可以这样说，唯有边缘化，与"中心话语"保持合适距离，诗歌写作才有可能抵达真正的诗意、诗性和神圣。当然，不可否认的是，边缘和主流的界限并不会是泾渭分明、油水不融那么简单。

120

半个多月来，我在夜里常梦见韩作荣老师，不管几点醒来，就再也无法入睡。我给韩老师夫人打电话，问："家里有什么事吗？"嫂子回答："没事啊！有事我就找你了。"我讲了常梦到韩老师的事，嫂子说："他肯定找你有事呗。"

是啊，找我什么事呢？韩老师去世时，我正在宁波出差，他临终前，一定有话要对我说。

一天夜里一点半，我又从梦里醒来，在屋里四处寻找韩老师的踪影。他来过，又走了，在梦里。我无法入睡，一直到天明。近天亮时，我写下几行字：

　　韩老师，你要对我说什么
　　连日来你走到我的梦里
　　拧着眉头使劲抽烟
　　欲言又止

　　你离开这个世界时
　　一定有话对我说
　　现在，你常到我梦里
　　不言不语地让我猜

　　你给我一座山
　　我也背
　　给我一片海
　　我也渡
　　就是别让我猜

　　一个人想一个人，就想为他做点事。我准备写一篇小文，谈谈他的诗。

闲逛书店，读闲书。

本想买一本《林泉高致》回家看，偏又看到一本《琴史》。信手一翻是宋代才子朱长文所著，便一并买回来了。看完这本《琴史》，顿时对朱长文这个人生出些许疑窦。

过去我读过朱长文的《乐圃记》，写得好，舒展中见学识，义理中见情趣。据说他的《墨池编》写得更好，但遗憾至今没读到。买回来的这本《琴史》，我是怀着极大渴求与期待的。

晚饭后，散步一阵，把书恭恭敬敬地放在书案上，沏上一壶茶，看着这本书先抽一支烟，让自己静静气息，然后拿起书来读。可是越读越觉得不对劲儿，耐心地用两天的时间把这本书读完，一肚子胀气，满脑子浑浊。这是琴史？这不就是剪刀糨糊的产品吗？整本书朱长文没有一句话，整个是历史上某某某某写的文章集锦。可封面上明明写着"朱长文著"。若是写着"朱长文编"，大概我也不会有胀气了。这本《琴史》，就是朱长文编的，而且编得不好。从体例到所选文章都和

"史"没有太大的关系。

可他为什么要编这么一本书呢？这和他的身世与身体有关，和宋代重文轻武的风气有关。

首先，要肯定的是：朱长文是个大才子，是个学问家、教育家（但我实在不能说他是个编辑家）。他十九岁就"乙科登第"，就是全国高考第二名。但因他年龄小，吏部不好安排他去做大干部，就让他回家等长几岁再来做官。第二年，他来吏部报到，吏部安排他到许州做文秘。可惜，他身体羸弱，一次骑马时，从马背上摔下来，腿骨折了，从此跛足。跛足为官实在有伤大雅，碍于颜面他回家隐居修学。跛足隐居让他有很多时间增加学养，他的学识在此时开始突飞猛进，他主要是学习儒家的理论，并开始著述。但他没做过编辑。

宋代文人，都要求自己能著作等身，写不出来的，就去做编辑。学孔子嘛！孔子一本书也没写，只编了一本《诗经》，就成了圣人。于是，宋代文人编书成风。米芾就编了《书史》、《画史》、《砚史》等几本。朱长文看到唯《琴史》尚无人来编，于是就动心思编了这本不伦不类的"史"。他自己这样说："书画之事，古人犹多编述，而琴独未备，窃用慨然，因疏其所记，作《琴史》。"看看，这朱长文不是为了继承和发扬传统文化而编《琴史》，是为了填补空白。

一提起填补空白，我又一肚子胀气。近些年来，我们大肆宣扬填补了这个那个"空白"，结果我们并未感受到这些被填补的空白，为我们的生活、生产、科技进步带来什么实质性的益处。为什么？因为被填补的那些空白，本来就填不填一样。比如：有人刷牙竖着刷，有人横着刷，此时，有好事者站出来填补空白了——经研究并多次临床试验，刷牙应该转圈刷！这项研究填补了刷牙史的空白。就这个填补法儿，你肚子里没胀气吗？！

为著作等身而增加高度去编一本书，必然编不好。

首先，朱长文不善操琴，虽然他的家族里长辈有大琴师，但他是不会弹奏的。他编《琴史》就是外行领导内行。其次，因是突发奇想，准备仓促，逮着什么就粘贴什么，内容零散，次序杂乱。他本想用这本书来"以琴论道"，可他未发一言。当然了，这本书，对习琴者还是大有用处，因这本书可以说是资料汇编。

其实，我读《琴史》还想知道，当年孔子在杏坛教学生习读《诗经》时，给每一首诗都配了琴谱，这些谱还在吗？

说了这么多对朱长文先生大不敬的话，未免偏激。但是，读一本书没看到自己想要看到的东西，有点偏激，似可理解。

122

一个诗歌编辑是不是一定要会写诗？答案是肯定的。

诗歌编辑写诗，是为了体会写诗的艰难，在审阅诗人的诗稿时，心底会涌上一些温情。一个会写诗的编辑在读一首诗时，能感性地认识到这首诗好在哪儿，坏在哪儿。

不过，似乎有这样一个定律：编辑的作品都不是太出色。这不奇怪，编辑的专业是审读，当他自己创作时，会自觉地用审读他人作品时的条条框框来限制自己的创作，而创作，最忌讳条条框框。就像医生，可以告诉病人怎样养好病，怎样可以健康，但医生本人未必健康。我要申明：我绝不是为我这个诗歌编辑没写出太好的诗来辩解。

诗歌编辑会写诗，而且写得还过得去，才是真的懂专业。编辑只有理论是不合格的。同时，我也觉得，那些理论家们也要懂创作，也要从事一些创作。否则，面对作品的具体问题的评判时，会脚不沾地，会隔靴搔痒。

无论编辑还是理论家，审读作品时，不能只关注词语、结构和技术手段，重要的是要关注作品的情感饱和度。而能感受到作品的情感饱和程度，一定要有过创作经历和一定的写作经验。

所以，我对那些没有创作经历的编辑和理论家，一边敬畏，一边存疑。

123

一个朋友说：他们夫妻一向相敬如宾，从未脸红吵架。我当然要恭维一番。

转过头去，我就想：这两口子的爱情肯定已经死了。"相敬如宾"是什么意思？"宾"是客人，谁和客人吵架？两口子都过成客人了，还有爱恋的情感可能吗？并且四处宣传、展览他们的"如宾"。商品用来展览时，是急着要卖出去。婚姻展览呢？可能各自都卖出去了，只是因为各种不便，暂时不能从展览架上走下来。

我真的看到过在众人面前秀恩爱的夫妻，回到家连话都不说，或者是内心里时时在生死搏杀。所以，我暗自判定：相敬如宾的夫妻，可能都各有主人了。

婚姻本来就是和法律有关和爱情无关，只有结了婚还在互相恋爱的夫妻，才可能是天作之合。

我还有一个朋友，夫妻是真和睦，当我问他奥妙何在时，他说：这日子过的，俩人都成亲戚了，亲戚之间还吵啥啊！是啊，亲戚之间轻易不会吵架，可也不会有男女之情吧。

夫妻不仅是简单的凸凹，还应是热水和茶，酒和善饮者。

124

一次，几个文朋诗友小酌，席间，有人大谈鲁迅的得失。他的观点是鲁迅的斗争性太强，超出了一个作家的职能范围。众人有和之的，有驳之的。我沉默。

我当场不说话，是和他们的观点都不同。我认为：鲁迅的本质是个诗人。他的小说充满了诗情，他的杂文就是诗。

一个诗人不能没有斗争性。斗争性是审美立场，是诗人的自信，失去了斗争性，诗歌岂不要"暖风熏得游人醉"？

我主张诗里要有铁，要有不可动摇的美学追求。大概没有哪个艺术门类会像诗那样经常反常识的。

好诗人，就是要把正确的指南针的磁针给弄得偏离方向，并被认可。

去浙江的三门县开会，友人带我去看一条江，十七公里的江。

十七公里有多长？远不及岳飞在马背上手持长枪"与君痛饮黄龙"的一声呐喊；更不及文天祥"人生自古谁无死，留取丹心照汗青"的一声慨叹。就是这十七公里，却承载了几个封建王朝的沉浮，记录了中华民族抵御外侮的硝烟。

这条十七公里的江，是与浙江东海海域相连的一条江，它在浙江省三门县境内，它的名字叫"琴江"。

也许这是中国最短的一条江，全长只有十七公里。

"琴江"这个名字，听起来就有诗的意境、画的色彩、音乐的律动。闭上眼睛，轻轻地默诵一句：琴——江——再顾名思义地想象一下，然后长吐一口气，似乎就能把劳作的疲惫、官场的烦躁，把对社会新闻的麻木，甚至是把酒店里的油腻都一吐了之。当然，这可能是我个人的伪浪漫，在今天万花筒般的社会生活里，谁能经常闭上眼睛去长吐一口气，且能将喜怒哀乐悲恐惊一吐了之呢？

我目睹过的琴江是清澈而平静的，风轻浪缓，坦坦荡荡，薄烟淡云，素面苍穹，是"四面有山皆入画，一年无日不看潮"的。

我耳闻过的琴江历史是沉重的。宋朝应该算在我国封建王朝中积贫积弱的一个王朝，宋高宗赵构也是我最憎恨的封建皇帝之一。而这条江却因他而得名，使我对他又生出一些悲悯来。不过在宋朝的历史上，我还是景仰岳飞、文天祥。乱世造英雄，是因为乱世之中，只有英雄方能显出其秉正脱俗的气节和中流砥柱的本色。

琴江，原名"健跳江"，"健跳"之名何来，我无从查考。健跳江后来更名"浮门江"，却有一段故事。南朝末年，隋灭陈，南朝废帝陈伯宗之子陈至泽携家眷乘海船至健跳江，见江面上漂来一扇门板，于是就率众上岸定居，起村名为"浮门村"，江名为"浮门江"。

这条江，在我能看到的文字资料上，从那时起就开始成为统治阶层倾诉的对象，开始承载统治阶层的喜怒哀乐。南宋建炎四年（1130），金兵攻陷临安，宋高宗赵构由临安经明州（今宁波）入海南逃，中途夜泊浮门江。此时正逢除夕，南岸浮门村陈氏皇族的后裔们正在张灯结彩、辞旧迎新、燃放鞭炮。宋高宗在漂浮不定的船上，听到岸上百姓们的鞭炮声和寺庙里的钟声，心潮不知比江水汹涌多少倍。这个乘危难之机而登基的二十五岁的君王，一直在金兵的马蹄声中逃跑，惶惶不可终日。由开封逃到临安，而今，只能率一百多条船的船队在江面上设朝听政，陆地上没有能让他安全的地方。金兵骑马追击，他这个王朝就只能下海躲避。"南船北马"在宋高宗身上得到了最充分的体现。此时，正是年关，宋高宗立在船头望望江水，望望江岸，望望苍天。无奈、悲怆、愤懑、凄凉，真是百感交集，他呼人抬出琴来，想要抚琴一曲。也许他想起了俞伯牙与钟子期的"高山流水遇知音"的故事；也许他想起了诸葛亮设"空城计"时，在城墙上弹奏的吓退司马懿的那曲《幽兰》；也许他只是想要平稳一下自己的思绪，或让琴声代他诉说点什么。他想说什么呢？想说"子规夜半犹啼血，不信东风唤不回"，还是想说"游人不管春将老，来往亭前踏落花"？琴声、涛声、鞭炮声、钟声，响在耳边；金兵的喊声、大臣们的吵闹声，翻腾在心里。可以想见，他此时的琴声定是"嘈嘈切切错杂弹"。唉，"人间风雨真成梦，夜半江山总是愁。"心乱，手指的动作变形，一根琴弦"嘭"的一声断了。宋高宗并未因弦断而惊慌，也许他就是要弹断一根弦，他弹琴不是为觅知音，断弦也不会吓退金兵，他是让自己有一个正确的决断。他双手举起断了弦的琴，用力地抛入江中，然后运足做皇帝的丹田气高喊："上岸！上岸！"

皇帝只有脚踏实地才是坐江山，漂在船上与浮萍何异？

绍兴十五年（1145），一渔翁在江中捕鱼，捞上一琴，见琴腹有"臣雷某造"字样，知是宋高宗所投之琴，特意赶往临安，献还朝廷。宋高宗见此琴，潸潸然泪满长襟。他投此琴入江，是为了让自己下定决心登陆抗金，而此琴却被捞起。他知道：历史无论是荣耀，还是屈辱，都不会被投入江中而一了百了。

因这段故事，浮门江又被更名为"琴江"。

此后的琴江，又发生了文天祥抗元、戚继光抗倭、孙中山组织反封建革命等一系列事件。

这短短的十七公里的琴江，际会了几个世纪的狂风骤雨，而琴江依然平缓地向东流着，琴江的目标是更为广阔的大海，琴江心里永远唱着"逝者如斯夫，不舍昼夜"。

十七公里啊，只能丈量一条江。历史的辙印和今天的思维，都无法用公里来丈量。

126

二十年前，初做编辑，为了让自己对作品的判断能够有说服力，也是为了不被作家、诗人的文本欺负，我便大量阅读理论、美学及各类文本。渐渐地，觉得有些自信起来。但随着作家、诗人文本的大踏步前进，渐渐又觉得有些心空胆虚，便又开始古今中外地阅读，记读书笔记。

一个职业文学编辑，在理论、美学鉴赏及文本阅读经验上，必须要走到作家、诗人的前列，不然，轻则会判断失误，重则被文本欺负，贻笑大方。尽管我现在做得还不够尽善，但我一直在努力着。

近日，重读严羽的《沧浪诗话》，感慨颇多。记得二十年前读的是无注释竖排大字版的，当时，凭借自己略自信的古文功底，凭借自己对诗歌的理解，读后也是蛮有心得，并自诩：吾腹有严沧浪，再遇诗文有何惧哉。

前些日子，又新买了一本《沧浪诗话》，郭绍虞先生做的注释，也是竖排版。（不是刻意，读古人书，我喜欢读竖排版的，觉得读竖排版的书和古人交流时比较顺畅。）同时还买了几本评说《沧浪诗话》的小册子。读了这些，突然觉得：当初我体会到的仅是《沧浪诗话》的三分之一啊。书，真是常读常新，温故而知新。重要的是：这次重读，借助一些评论文章，我对严沧浪先生的一些观点产生了质疑、不苟同，甚至相悖。

严羽的观点白纸黑字钉在《沧浪诗话》里，他没有机会修改和增删了，而我们这些读者的认识却在不断地进步，不断地"扬弃"。

严羽先生在《沧浪诗话》开篇的《诗辨》中，起笔就说："夫学诗者以识为主：入门须正，立志须高；以汉魏晋盛唐为师，不做开元天宝以下人物。""以识为主：入门须正，立志须高。"说得好！我初读时就记到本子上并时而温习之。但后面这句"以汉魏晋盛唐为师"今天读来心有惶惑。我国的诗学经典当从"《诗》三百"始，可严老师咋让俺们从"汉魏"学起呢？我绝不会认为严羽先生瞧不起"《诗》三百"，更不会认为严先生没读"《诗》三百"；我给出的唯一的理由是严羽先生把"《诗》三百"当做《诗经》。所谓"经"者，乃哲学之谓。哲学者，理论之谓也。严羽先生可能认为：哲学怎么能是诗呢？既然把诗冠以"经"，就让哲学家们去读吧！或者，严先生认为《诗经》中的诗无规可遵，无矩可循。于是，严先生就让后人学诗"以汉魏晋盛唐为师"，弃《诗经》而不顾。当然，这纯属我个人猜测，只因严先生未提及《诗经》而猜疑。

《诗经》是不是哲学？是！《诗经》是不是诗？是！"诗言志"、"文以载道"中的"志"与"道"都是哲学范畴。直说了吧，哲学论断大部分是诗的派生品。

但学诗还是要从《诗经》始，这是毋庸置疑的。

《诗经》中的诗，对生活现场的表现、灵性的飞升，至今都是诗人们学习的典范。更重要的是：《诗经》中的诗，为我国诗歌的叙事与抒情的平衡，音乐性画面感与诗性意义的互补，立下了传统，理所应当为后世之师。所以，学诗从《诗经》起，才是"入门须正，立志须高"。

苏东坡说："熟读毛诗《国风》、《离骚》，曲折尽在是矣。"吕居仁更直截地说："学诗须以《诗》三百、《楚辞》、汉魏间人诗为主，方见古人好处。"黄庭坚在《大雅堂记》中谓："广之以《国风》、《雅》、《颂》，深之以《离骚》、《九歌》。"

这些人的说法都和严羽所提出的"以汉魏晋盛唐为师"相左。其实，严羽在《沧浪诗话》中《诗体》部分有如下描述："风雅颂既亡，一变而为《离骚》，再变而为西汉五言，三变而为歌行杂体，四变而为沈宋律诗。"

古人们吵架我们劝不了，但在古人的吵架声中，我们似乎悟到了这样一个结论：理论家撰文立论，切不可孤绝。

严羽当然有局限性，其认知的局限、经验的局限、时代的局限。

批评严羽《沧浪诗话》较为严厉的，大概要数钱振镀在《谪星说诗》中所言："（严沧浪）埋没性灵，不通之甚。"此语我觉得偏激。我倒是觉得朱熹的观点可取："盖沧浪论诗，只从艺术上着眼，并不顾及内容，故只吸取时人学古之说，而与儒家论诗宗旨显有不同。"当然了，说点大话：儒家论诗宗旨，我也未必完全认可。"诗言志"、"文以载道"中的"志"与"道"，绝不是对强权的附和，不是政治需要的附庸，一定是个人欲望的倾诉。

我对那些读诗、读论，从义理考据出发，并以义理考据为终点者，无论诗人还是理论家，我都恭敬之再恭敬之，有距离地恭敬之。

师古是学诗的必经之路，但不是摹画形体的言语，要师心师性师情师旷达。至于是从《诗经》师起，还是从汉魏师起，可能会各有偏爱。

有一点可以肯定：师当下为诗，必是屋内盖房，愈来愈小。

127

近一段时间，常听到看到一些从事格律诗词创作和研究的人士发出"抑李扬杜"的声音，也就是贬李白赞杜甫。其理由大多是站不住脚的，缺乏有效的理论支撑。这种"抑李扬杜"，历史上发生过几次，数宋代最甚。但李白仍是伟大的李白。

李白是个诗歌天才，毋庸置疑。其诗中的飘逸、别趣、不讲理是杜甫不具备的。当然，杜甫的感时、伤怀、沉郁、悲壮，也是李白所欠缺的。

严羽在《沧浪诗话》中说："李、杜二公，正不当优劣。太白有一二妙处，子美不能道；子美有一二妙处，太白不能作。"我认为此言极是。

诗人是否可以分优劣？当然要分。但要从人品、诗品上分。艺术是有阶级的，阶级是阶层。同一阶层的诗人，真的不必像夺锦标一样分出谁是第一谁是第二。近些年，有人喜欢做排行榜，如果是商业炒作，无可厚非。商人嘛，怎么能获得最大利益就怎么做，甚至可以缺德不要脸、背信弃义耍流氓。诗人不能这样做，诗歌也不能。

就诗人而言，同一阶层的诗人就别排座次了，排出来一定是诗歌笑话。

严沧浪说："太白《梦游天姥吟留别》等，子美不能道；子美《兵车行》、《垂老别》等，太白不能作。"

其实，说唐朝是中国诗歌的高峰，而李、杜二人共同成为中国诗歌高峰的峰顶，不可比高低。现当代诗人呢？最好也别排名次，不然会留与后人羞！

128

岁数大了，喜欢独处。独处有时是关闭感官系统和思维系统，像一座停摆的老座钟；有时却会陷入沉思，思以往自己的过失，相当于"闭门思过"；更多的时候，我的沉思会在一个方面的事情或一个境遇接近完满时，思及另一处的缺失，有点"居安思危"的老年态。

突然就想起读《诗经·魏风》中《园有桃》的过程。"园有桃，其实之肴。心之忧矣，我歌且谣。"初读时，甚是迷惘。桃子熟了，长得红润、漂亮，端上桌子，看上去就要流口水，还不痛快淋漓地大快朵颐、狼吞虎咽，咋还"心之忧矣"？这不是矫情吗？

近年才明白，这是诗人之思。诗人看到此处的饱满、香甜，思及彼处（一定是心底极为牵挂的人与事）的苦涩、无果实、缺憾，只能忧心地"歌且谣"。

诗人不是及时行乐的人；诗人不是遇事"不主动、不拒绝、不负责"的人。

诗人的心底一定要有忧思，有忧思方能见深情。曹操的这一句"慨当以慷，忧思难忘"便是作为诗人的佐证。

由此看来，诗人年龄大了不宜独处忧思，易患抑郁症、自闭症，甚而发生更可悲的事情。

"心之忧矣，其谁知之？其谁知之，盖亦勿思。"（《诗经·园有桃》）

129

写诗在自由，而不在规矩。

我很欣赏苏东坡的一句话："行乎其所不得不行，止乎其所不得不止。"

"行"与"止"是诗人创作时的度。"行"是丰富饱满地释放，"止"是言简意赅的含蓄与幽深。处理好"行"与"止"的节奏，才能让诗作完成有效传达。

诗人要知其行而行，不能没情没思强说愁；行到当止则止，别把酒精兑水。

每天都能写诗者，我疑；三月俩月无诗行者，似可自问：尚能诗否？

读到一本批评《沧浪诗话》的小册子，书名叫《严氏纠谬》（冯班著），说白了，就是冯氏给严羽的《沧浪诗话》挑错纠错。乍一拿起这本小册子，很感兴趣，并满怀期待。可第一篇文章读完，我就想把书扔了。这不是"纠谬"，是哗众取宠，是矮子指责巨人长得太高。

冯氏说："（严）沧浪论诗，只是浮光掠影，如有所见，其实脚跟未曾沾地，故云盛唐之诗如空中之色、水中之月、镜中之象，种种比喻，殊不如刘梦得云'兴在象外'一语妙绝。"这是违背诗歌精神的批评，是无自己观点的批评。不是"疑义相与析"的讨论，是强盗式的混抢。

我在此责骂冯班的时候，心里想的却是当下那些所谓"诗歌批评家"们。自己给自己扣一顶"批评家"的帽子，不管是纸糊的还是铁打的，戴上就敢招摇过市，弄得我们看到戴这种帽子者太多，有才学者太少，只会借别人的观点来拼凑文章者太多。

其实，冯班还是较有才华的，只是批评的口吻不对。

批评他人的文本，是要拿出自己的真才实学、真知灼见来，要有自己的理论体系作为支撑，是要求批评家的解读能力超越作者的。这些是当下许多打着批评家幌子而无德无才的骗子所没有的。

131

一学生问我：怎样解释"思无邪"？

这还真是一个诗人要解决的问题。当然，我的解释未必是孔夫子"思无邪"的原意。

大自然有阴有阳，人心有善有恶，社会事件复杂多变，所谓得意处只占一二三，不如意处却占七八九。善人被欺，良人多难，好事多磨等等。人间满是委屈、扭曲、阴谋、倾轧，如何"无邪"？

我理解：思无邪，不是盯着阴暗、阴谋、扭曲、不平，去愤懑，去刀出鞘、弹上膛，去怒从心头起、恶向胆边生，而是要以"思"去正"邪"。

诗歌的力量是诗人把自己的理想国展示出来，去影响、感化邪恶。这个力量肯定有限，但会长远。所谓道德力量，大部分来自诗歌。所以，人类社会有怎样的阴暗不重要，重要的是诗人之"思"能否释放巨大的心灵美好、善良的力量。一首诗不会杀死一个恶人，但会让更多的善良人对恶人恶事抵制、拒绝。

诗人之思，只向往美善。

好人、善良的人受难、受委屈是正常的事，坏人、恶人是无法消灭的，或者，正因为有坏人、恶人，才让诗人们有强大的动力去向往美好。好诗人受点委屈不是坏事，受过委屈，可能会激发更强烈的激情，文字更具深情，此种案例比比皆是。比如司马迁。

司马迁对《诗经》有一段话，似可做"思无邪"的解释："《诗》三百篇，大抵贤圣发愤之所为作也。此人皆意有所郁结，不得通其道，故述往事，思来者。"

诗人便是"故述往事，思来者"之人，此等"思"，定"无邪"。

132

经常与从事格律诗创作的先生们接触和对话，他们投入的状态让我叹为观止，但他们褊狭的执拗也让我无奈。比如，"格律不工，就不是诗"这样的论调。我常对他们说：你写的是诗呢，还是格律训练呢？一首诗不传达感情，只有工整的格律，能叫诗吗？此种辩论，有时会把老先生们气得手发抖，我真是于心不忍。

我曾对一位酷爱格律的工程院院士说：莎士比亚的十四行诗，在英语世界里是有格律的，可我们读的汉译本已没有格律，您能说不是诗吗？同样，李白、杜甫等格律诗译成英语也不会有格律，英语诗人同样把李白、杜甫当大师。格律是音乐的需要啊！尽管我古今中外地举例，苦口婆心地说，效果依然不明显，他们依然坚持：首先是格律，格律不工，就不是诗。

　　其实，原因很简单，这些先生们的阅读不够，盲目地理解格律诗。岂不知，李白、杜甫等就没几首合律的诗。

　　赵翼在《题遗山诗》中说："赋到沧桑句便工"。这沧桑是人类情感，是诗人的内心欲望。情感、欲望释放得得体，诗歌自然就是"工"。杜甫的《饮中八仙歌》、李白的《赠汪伦》都是打油，但不是"地沟油"。

　　有些人写格律诗，就是打油。现代生活经验无法引入诗行，古人情怀学不来，只能打油。但会打油的太多了，觉得该给打油设个门槛，诗词格律就做了阻挡打油的门槛。其实，很多现在的格律诗，有了工整的格律，还是打油，而且是"地沟油"。

　　诗是情感的流动，不是词语格律的游戏。

曹子建的《洛神赋》一直有一个问题未解，即：子建是写给谁的？一说是写给甄妃的；一说是思念文帝的；一说是子建的个人精神审美追求。初读很相信是写给甄妃的，理由是：这么美的文章只配美人享用。后来读到詹锳的《曹植洛神赋本事说》一文，詹氏说：其从《离骚》出发，以洛神为贤人，怀贤念友，因为曹植"左右惟仆隶，所对惟妻子"，故有此赋。此论，我不以为然。

我近日重读《洛神赋》，确定此赋是从屈原的《离骚》、宋玉的《神女赋》中所来。所不同的是，子建在《离骚》、《神女赋》的美丽躯壳里，用才情与学问充实了丰满的血肉。于是，我相信追求精神审美一说。

说《洛神赋》从《离骚》、《神女赋》而来，并不是说曹子建在抄袭。子建当然不是抄袭，是借意境写个人的拓展。还有，我想一篇文学作品，真的不必一定要确凿地指认是写给男写给女，写给张三和李四。有时，就是写给那么一个懵懂的方向。

至于《洛神赋》是写给甄妃说，真是大谬！就像最初读"洞房昨夜停红烛，待晓堂前拜舅姑。妆罢低声问夫婿，画眉深浅入时无"时，认为是一位新娘子写的一样大谬。

一首诗或一篇赋的写作，和诗人当时的心情、情绪有关，未必和具体的环境有关。

曹子建写《洛神赋》时，是他用"七步诗"赚得小命后，最松弛的时间。封了领地，拿着王侯的俸禄，不问人间冷暖。可曹子建是个诗人，有较高的精神追求。他可以思以往，也可以思未来。《洛神赋》一篇，我更相信是子建怀旧忧思心驰神往"明天会更好"的作品。

134

对陶渊明的认识与喜欢，从《桃花源记》始。后读《归去来兮辞》和《闲情赋》。

人的阅读有时是很容易带着最初的印象先入为主的。最初认定了《桃花源记》好，并认定了陶渊明的代表作就是《桃花源记》。当然，把《桃花源记》作为陶渊明的代表作也不是什么大错。

近日重读陶渊明，忽觉得：我过去咋对这篇放荡不羁的《闲情赋》重视得不够呢?

《闲情赋》早于《桃花源记》和《归去来兮辞》写成。那时，陶渊明三十岁左右。他写这篇文章时，是他刚"辞官"归家和其夫人新亡之时。陶渊明二十九岁时，经他叔叔推荐到州里做了一个有名无实的小官"祭酒"，这是陶渊明平生第一次做官，但不久就因"不堪吏职，自解归"。同一年，他夫人为他产下儿子陶俨，儿子不满周岁，夫人即病逝。此后一年左右，他写下这篇《闲情赋》。关于这篇文章，争议颇多。比如萧统的"爱情说"，苏轼的"比兴说"，等等。我还是那句话：古人吵架咱后人劝不了，用看热闹的心态好好听就是了。文人吵架，本来就没有是非、正误可言，倒是能看出吵架者的才气与性情及心胸。

　　我读我的《闲情赋》，不是陶渊明的，也不是萧统和苏轼的。

　　我觉得《闲情赋》要比《桃花源记》和《归去来兮辞》写得好，好就好在不端架子，信手随性，意到笔遂。在陶渊明做官那段时间，深受规矩的束缚，官规、文规，让他"不堪吏职"，"自解归"后，真是呼吸顺畅，心底放松，笔风自由。至于《闲情赋》的内容是说爱情，还是玩比兴，古人解析得够多了，我无须再赘。但有一点我是知道的，那就是陶渊明深爱屈原，对屈大夫的"香草美人"颇有心得，此篇《闲情赋》我也读到了屈大夫的影子。若定位此篇为"爱情说"，我的确不敢苟同。中国的古人说情谈爱时，都藏得很深，很少直言，言情说爱时，必偕风物、他人同时出现。而《闲情赋》通篇从美人相貌到饰物不厌其烦地描写，仅是借美人这一"尤物"而言那时心境之自由，身体之舒展，笔端之尽兴。再说，陶渊明重视过"爱情"吗？写过男欢女爱吗？心中有耿耿于怀的人吗？

再说说《桃花源记》和《归去来兮辞》，这两篇当然是陶渊明的重要作品，也可以说是代表作。但我觉得，这两篇在本无规矩的条件下，他却自己规矩起来，有端着一个大作家架子的痕迹。

说到底，我坦白，这哪是在说陶渊明啊，我在说当下的写文作诗者。尤其是写诗，咱别自己给自己立规矩，也别给别人立规矩。规矩要么是裹脚布，要么是镣铐。还有，总端着架子写东西挺累的。我不是心疼你端着架子累，是我们读着累。太累了，我们就不读了。

135

《诗经》中的《草虫》实在是应该好好读读。我是说那些在谈情说爱的，或正在写爱情诗的朋友。

《草虫》是一首爱情诗，写得细腻，绝对；真实，生动，精粹；是由感性到理性的有效抒情。重要的是：这首诗在两千年前，就解决了痴情、专一的爱情是什么，该怎样对待的问题。

这首诗告诉我们：爱是什么？是孤苦。是忧郁寡欢、焦躁不安、杯弓蛇影的怀疑、彻心彻肺的疼痛和茶不思饭不想的叹息。若想解决这些问题，就要解决孤苦。也就是说，当深爱一个人、专情一个人而不得见时，一定会忧郁、不安、怀疑、叹息。一旦相见，则波澜凝固，大地安静。爱是"搔首踟蹰"，是"一日不见如三月兮"。

《草虫》对"爱而不见"是这样描述的："未见君子，忧心惙惙。亦既见止，亦既觏止，我心则说。陟彼南山，言采其薇；未见君子，我心伤悲。亦既见止，亦既觏止，我心则夷。"看看，见不到你，我就闹腾，就忧心惙惙，就我心伤悲。见到了，就止，就夷。

又想说说咋能写好爱情诗了，答案是：读《草虫》。

136

一次去湖州开诗会，当地人向我介绍湖州的文化名人，说了一大串名字，文才武将都有。可我知道，这些人中，有一部分只是在湖州路过或小住。最遗憾的是，没听到他向我介绍一位真正的湖州人：南朝的沈约。或许因为沈约名声不大，没做过惊天动地的事，或许是他根本不了解湖州史或中国文化史。

沈约和王羲之、颜真卿（这两人根本不是湖州人）、吴昌硕相比，名气是小了点，也没有善琏湖笔、安吉白茶那么名声远播，但在中国文化史上，沈约是绕不过去的。

嗐，我净瞎操心，湖州人知道不知道沈约，对湖州、对沈约都不会造成什么损失。

不过，这一趟湖州，倒是刺激了我想说说沈约。

沈约首先是个史学家，他撰有《宋书》、《晋书》、《齐纪》等等。有些书是命题作业，因为他做了南朝宋、齐、梁的三朝记室参军、尚书度支郎，也就是个办公厅大秘书，或负责记录、保管的档案室主任。我不想说他怎样做史学家，我想谈：他在诗歌创作上的贡献。

南朝诗人大多善咏山水，偶吐离愁。以谢灵运为首。我曾大胆地猜想：南朝的诗人们，知道自己是生活在一个一觉醒来，城头已换大王旗的时代，所以，逃避时政、躲开现实而寄情山水与儿女情长。想想看，沈约活了七十岁左右，就做了三个朝代的官。哪个诗人敢去歌咏朝政，哪个诗人能不抒山水情怀、痴男欢女爱、叹生离死别呢！

沈约是才子，有思想，有抱负，只是性情软弱。我认为：他对诗歌创作的贡献是提出了"三易"——"文章当从三易：易见事，易识字，易读诵。"

这"三易"，我理解为：撰文作诗，要像对母亲说话，对儿女说话，或是写诗作文给母亲、儿女看。要明确，还要百炼钢化为绕指柔。

你的文，你的诗，亲切了，温暖了，就会有人爱你了。不要担心"三易"之后会失去一些技术的奥秘，技术有时是囚牢，囚住的恰是你要释放的情感。

137

因家中陋室太小，书又多，只好把一大部分书存放到妈妈家。妈妈家一个房间的两面墙被我打上书柜，摆得满满的书，挤得紧紧的。我说摆得满满的，不是夸张，我存书的数量还是可观的，用一本书挤着一本书，其实是我留的小心眼儿。谁从任何地方抽出一本书，留下空隙，我就会发现（放在妈妈家的东西是不好上锁的）。尽管如此，书还是一本接一本地丢。妈妈家来人较多，邻居、亲戚、妈妈的老同事等。丢书是一件极为心疼的事，每看到书架上少了一本或几本书，我都会沮丧一阵，并站在书架前想：丢的是哪本呢？

书之于我，如命，绝不是夸张。如果我今天还能说有点什么成就的话，基本上是书给我的。所以，我丢本书如割块肉般痛苦。

古人说：书中自有黄金屋，书中自有颜如玉。我信！但是从精神的角度。在当下，书中大概很难带来物质的黄金屋、活生生的颜如玉了。

因为我对书投入了全部的感情，几乎寄托了整个生命，所以大有宁可割肉不愿丢书的意思。可是，书架上的书，有时就是用来丢的。美好的事物，真的很难独享。

"十一"期间，我在妈妈家住了七天，面对丢失的书的空隙，暗暗思忖：拿走我书的人，会好好读吗？会好好保管吗？如果那本离我而去的书，遇到的是个好读者，好的爱书者，珍惜它，保护它，书也有了好的归宿。但愿是真爱书者拿走了我的书！我最怕那些人一时兴起，觉得某本书好玩，顺手拿走，随意地翻翻就当废纸扔了。若如此，我将戚戚然。

读过的好书，我会刻骨铭心，虽然不敢说倒背如流，但书中的结构、细节及书中蕴藏的精气神历历在目。

我看好书，如看美人，只记美好处，忽略缺点。

呜呼！失书之痛，痛彻心肺。

138

近两年，不断有诗人非正常死亡，这接二连三的噩耗，让我心惊胆寒，晴日无暖，骨头都要结冰了。

在韩作荣的离去我还没有完全接受的时候，陈超又走了，是自杀。

想说说自杀。也想说说陈超。

其实，人在活着的时候，都万念俱灰过，都体验过死。行尸走肉是死；无情无爱是死；关闭自己，不与外界交流，不再接受外界信息，也是死。

一些有思想的人，自杀是向死亡要生命，要尊严，只是过于偏激。大概很多人都有过自杀的一闪念。我就曾有过几次。不是遇到什么想不开的事了想自杀，而是觉得死是件很神秘的事。乘船在大海中航行，一定有过跳下去的冲动，站在危危高处也会有向下飞翔的欲望。当然，自己知道死是一条不归路。可是，遇到被委屈、误解，或烂事、烂人缠身无法斩断以及心理压力过大自觉无法承受时，也多有一死了之的念头。这些年来，无论遇到什么难以忍受的事，无论怎样地想一死了之，但我都一直坚定一个信念：我死都不怕，还怕活着吗？

陈超是心理压力过大而导致抑郁，导致失去自信，导致一死了之。陈超是个明白人，是个有理性的人，他的死不是一时冲动，是蓄谋已久。陈超病了，为家庭压力而病，为自己身体失衡、失去旺盛的写作能力而病。陈超太要尊严，他无力承受种种不堪。一个父亲不能完成使命，一个诗人、评论家丧失了写作能力，他认为自己已经失去了尊严，他选择了离开。他把死当做一种尊严，当做存活期的一个句号。如果他能听到我说的那句：死都不怕，还怕活着吗？也许，他面对死的时候会犹豫一秒钟，也许这一秒钟的犹豫，就可能改变念头而不怕活着。

人活着，肯定是一件艰难的事，尤其是想活得有尊严。我曾对一位比我大一天的朋友说：你比我大一天，就比我多吃二十四小时的苦，多遭二十四小时的罪啊。这话乍一听像是撒娇，其实不然。想想，我们成年以后，哪一天会过得轻松？一位诗人说：生活——网。我觉得岂止是"网"！人在复杂多变的生活中，就是被蜘蛛网粘住的小昆虫，在软弹性的网中，有力量也施展不出来，并且越挣脱越被网缠得紧。有一句接近真理的话，叫做：顺势而活。

在不愿接受又无法挣脱的现实面前，必须变被动为主动，变拒绝为享受。坊间有句听着低俗，但很具现实意义的话，就是：面对无力抗拒的强奸时，就安心地享受快乐吧。

陈超没做到承认现实、享受现实，没弄明白他活着就是诗坛的一份力量。他毅然决然地从十六层楼的窗户飞向大地，让诗坛震惊，让朋友哀叹。噫吁嚱！痛哉，惜哉。

11月2日午夜，我和霍俊明在石家庄的一个宾馆里，谁也睡不着。3日要到殡仪馆送陈超走，那是我们和陈超在阳间的最后一次见面。霍俊明在床上翻来覆去地叹息、流泪（陈超是霍俊明的硕士导师，霍俊明的成长与陈超有着很大的关系）。我没叹息，我没流泪，但心底比夜还黑。我在想：一些优秀诗人的非正常死亡，一定有一股黑色的力量在作祟。真让"奥斯维辛之后，写诗是可耻的"一语成谶？

诗人做出决定后，会义无反顾，但是，陈超不该义无反顾地离开他钟爱的诗歌，不该离开他的亲人、学生、朋友。感情上我尊重他的选择，理性上我谴责他。

我拿起宾馆的小便笺，用铅笔写下了一篇不文不白的祭文：

　　人能飞乎？能飞。士惧死乎？不惧。

　　吾兄陈超，腾飞于诗作，翱翔于文论，末

一次起飞扑向大地。了凡尘之血肉，驾青云之
轻飔。飘飘然，君行邈远；戚戚然，苦楚无疆。

呜呼！长太息以掩泪兮，痛失儒雅之君
子；叹秋风之彻骨兮，惜折诗坛之栋梁。

苍天何狠，遣我辈凄切！

秋风何庆，赠友朋情殇！

哀哉！哀哉！兄之去，若太阳失晖；兄之
后，尚余几人文章。

兄去也，君去也，长空一鹤西天上。

兄去也，君去也，撕心裂肺断空肠。

139

说孔子是中国最早、最伟大的诗歌编辑，当无可争
辩。

司马迁在《史记·孔子世家》中说："古者，诗三千
余篇，及至孔子，去其重，上采契后稷，中述殷周之
盛，至幽厉之缺，始于衽席。"可见，孔子是将西周至
春秋时期五百年间留存的三千多首诗歌编辑成三百零
五首。战国晚期，才将《诗》缀以"经"，故有今之
《诗经》。

我们无法考据被孔圣人"毙"掉的那两千七百多首诗是表现什么内容，水平如何，但我们确信眼前的这部只有三百零五首的《诗经》，为中国诗歌树立了伟大的叙事和抒情传统，树立了《诗经》是汉语诗歌的源头和典范。

孔子是在怎样的理念下编辑《诗经》的呢？司马迁在《史记》中说："三百五篇，孔子皆弦歌之，以求合《韶》、《武》、《雅》、《颂》之音。"由此，我们知道孔子为教学而编。原则是：一要有道德的力量；二要有艺术的力量。孔子的"道德"，就是他老人家常说的"君子比德"的"德"。他是"唯德以选"。也就是说，一首诗有"德"的树立，就不会在"赋、比、兴"上过多纠缠。当然，一首诗无论怎样责以大义，也必须有情事缭绕其间。孔子立下的标准，至今天，有责任感、使命感的编辑，莫不如是。

编辑读诗，一定要与所读之诗作有感觉上的暗合与精神上的悟会。暗合与悟会，决定取舍。或说：编辑读诗以知柄。

编辑不是法官，不可能对每一首诗都给出一个是非清楚、证据确凿的判决。

编辑是政治和艺术责任的双重背负者，要立德、立情。从职业上说，编辑是诗歌的"善读"者。清代学者叶矫然说："读诗自当寻作者所指，然不必拘某句指某事，某句是指某物，当于断续迷离之处而得其精神要妙，是为善读。"

其实，编辑每编完一书或一刊，心里一边默念"画眉深浅入时无"，一边自信地高亢："我以我血荐轩辕"。后者，亦是鲁迅夫子的感悟。补充一句：鲁先生也是个好编辑。

140

"去复去兮如长河"是白居易先生慨叹时间流逝的一句诗。这句诗，是比较温和的提醒，不像庄子"人生天地间，若白驹之过隙，忽然而已"那样森然尖刻、刀锋锐利。其实，一个人对待时间的态度，就是对待生活的态度。

毫无疑问，热爱生活、珍爱生命的人，都珍爱时间。

时间，本是不存在的物件，它是人类为了记录生活流程而设置的一种隐性的度量衡。各种人群，怀着各种心态，对时间都抱有恐惧和敏感。而在各种人群中，最真实、最敏感的，莫过于诗人。

诗人面对分秒的更替，正常反应是：一秒钟前的诗歌作品已交给历史，下一秒钟将展开又一个陌生。

陌生，是激发诗人灵感的源泉。

陌生，使诗人懂得创造。感到了陌生，就会拒绝同化；就会摒弃既定的审美惯性与习性。陌生，就不会对身边的日常生活、人间情感熟视无睹。陌生，会使诗人持久地意气风发。陌生，让诗人不绘图而经历，不摄影而洞察，不再现而塑造，不拾取而探寻。当然，陌生，并不会依赖破坏式"创新"的冲击而存在。无序的、无理论支撑的破坏，不是创造，古今中外都不是陌生。

时间"不舍昼夜"地潜行在日常生活里，诗人一边要在日常生活里妥帖地安放肉身，一边要灵魂出窍地对抗时间，穿越时间。"花影常迷径，波光欲上楼"。

当诗人独处，曾被忽略掉的时间会撞上胸口，撞响孤单。由是慨叹：那些被浪费掉的日常生活，才是时间。

141

热爱诗歌的人都知道贾岛与韩愈"推敲"的故事，也都知道贾岛"二句三年得，一吟双泪流。知音如不赏，归卧故山秋"的孤绝。无论韩愈还是贾岛，对遣词派字如此这般的狠，就是为了诗歌的"创造"。当然，此类"创造"的故事古今中外不胜枚举。

诗人写作是创造，是独创。独创，不允许寄生；独创，必须咬破罩住自己的他人的茧衣而蜕变振翅。独创，是诗人高度的精神自觉，是打开或参破那些沉默的、不常被倾听的事物与情感，做诗人自己的有力发现和见证，是展示现实社会的真实图景，呈露诗人自己的幻象，进而表现诗人自己的想象力与创造力。想象力与创造力，最终还是要靠"二句三年得，一吟双泪流"的语言做载体，才能得以有效地传达。海德格尔说："语言是存在的故乡"，海先生的这个"语言"、"存在"都应该是自己的"打开"或"参破"。

之所以强调"自己的"，是认为复制他人的情感和词语，比制作艺术赝品以牟利更加可耻。

我们希望看到的诗歌作品中，贯穿着诗人自己的灵魂，能听到诗人自己的精神言说。

有人曾担心，网络平台会化解掉诗歌的创造难度。其实不然，网络平台对诗歌意识的普及，对当下诗歌写作的多样性，起到了非常重要的作用。只要不被虚荣和名利左右，诗人无论在哪个平台展示，都是当下诗歌创作蓬勃发展的一分子。对于一个有着诗歌禀赋、有着知识训练的诗人，从网络平台出发，可能是走向诗歌高远处的捷径。因为网络的开放性，会使诗人更自觉地坚持原创，独创。

杜甫先生说："为人性僻耽佳句，语不惊人死不休。"就是要告诫诗人：坚持自我情感的真实，寻找带有诗人个体密码的词根。

142

朋友Q君和我说，他读到一篇微型小说，大致的内容是：一个人离婚再娶了，但过性生活还要找前妻去。说着就嘿嘿地笑。我知道，这小子就是离婚再娶的，他究竟讲的是小说内容，还是他自己，我也懒得去判断。

有一则寓言似的故事，说有一个人，总觉得自己家以外的世界很精彩，外边的风景一定迷人，于是就离家出走，一边走还一边叨咕：人生的美妙之处，就在于不断有新的刺激与新的追求。他走啊走，走了一处又到一处，有些筋疲力尽了，到了一个地方，发现这里很亲切、很舒适，于是停下来定睛一看，哦，原来地球是圆的，他又回到自己的家了。

这种经历是时下许多人都体验过的，尤其是那些离了婚又重归旧好的人。

我从不对离婚持有异议，我认为离婚就像人生病了要去看医生一样正常，或者是把强贴在信封上的邮票再撕下来。我不想讨论离婚的种类问题，只想说：是否所有离了婚的人都是义无反顾，都与前妻（夫）藕断丝也断？

在中国，离婚不仅是两个人的事。我们这个民族受儒家几千年的思想教育，骨子里都长满了"忠孝仁义"、"相夫教子"的意识。所以，离婚就要受到父母、亲朋、单位，尤其是婚生子女的制约。据我所知，有许多离异后又重归于好的双方，都异口同声："为了孩子。"

我这个朋友Q君，离婚后和一个比他小很多的女孩及他的婚生子一起生活，他本想通过一段时间的磨合，让孩子与这位候补女主人有一些感情，可情况恰恰相反。刚开始，生活得还算平静，仅两个月，情况变了，孩子开始用他生母的优点来比较"候补妈妈"的缺点，于是开始恶作剧，在"候补妈妈"的被窝里扔图钉，把痰桶放在梳妆台上，等等。"候补妈妈"明白了，对Q君说："我能给你爱情，却不能给你正常的家庭生活，我还是走吧。"Q君很沮丧，也很无奈，女朋友走了，理想的爱情受到现实生活的严酷打击，他开始反思。

人世间真的有实实在在的爱情吗？这种二度梅开的爱情能带来孩子的健康成长吗？若不管不顾随爱情鸟飞去，是不是会成为千夫所指，会不会除了爱情鸟就一无所有？他拍打着自己的脑袋，低头了。在孩子的要求下，他又接回了前妻。一段时间后，我问他："过得怎么样？回头草感觉如何？"他深有感触地说：前妻很实际，生活过得踏实，虽然没有女朋友那么浪漫，但是生活的内容还是油盐柴米醋；更重要的是，孩子的情绪很稳定，学习成绩也很好，我也不那么累。

面对Q君的这件事，我们有些朋友替他拍大腿惋惜，也有些朋友竖大拇指称赞。其实，现实生活对精神生活的破坏与逼迫古今中外皆有，"化蝶"和"孔雀东南飞"不是家喻户晓吗？所以，明知是地雷何必踏响它。

离异了再和好，情况是各异的，但有一点是相同的，那就是双方都比较了解，都能宽容对方的缺点。

我觉得，离婚了再和好，是一次婚姻的革命，是离异双方对感情生活和现实生活的再认识。从现实生活的情况上看，离婚的事，是无可避免的，因为人在青春期时谈恋爱，是很容易犯错误的，离婚是对青春期错误的更改。改正错误的方式有很多种，但复婚未必就不是一种好方式，尤其对已有了孩子的双方。复婚能免去再次恋爱的失误，复婚能双方齐心协力共同担负起抚育孩子的社会责任。当然，复婚可能对某些人的精神生活带来残酷的伤害，但是乌托邦毕竟是乌托邦，现实生活就是锅碗瓢盆的现实。

我不想回避一个现实，就是无论男人女人，看见或遇到让自己心仪的人，难免怦然心动。（有人说，男人看到美妙的女人若不心动，就不算是好男人。）但我觉得，一个有家庭、孩子、婚姻约束的人，应沿着一条大路走下去，路边有些花花草草风风景景可以停下来看看，也不必责怪那些因一时心动走下大路玩耍一番的人，只要他能回到那条大路上继续往前走。

这条大路是双方最能放得开手脚的路。"安家立业"，安家是立业的保障。

有道是："天涯何处无芳草"，我认为回头未必不芳草，只要双方以自省、宽容、奉献为怀，"回头草"是双方再恋爱的捷径。当然，双方若已有"深仇大恨"并"咬牙切齿"，则另当别论了。

143

一家社会文化类期刊的主编，也是多年的朋友，约我写一篇文章，命题《夫妻间性生活，应该谁主动》，我说这个话题写不了。可是，这位主编不依不饶，死缠烂打。我服了，于是就乱说一通。结果，我的这篇小文被猛批是"典型的大男子主义"。我却执拗地想：大男子主义咋了？男人，只有男人，才是社会发展的动力。这句话说完，我就准备好接受女同胞拍过来的板砖了。

夫妻间性生活的事，要公开地在报刊上讨论，这确实是现代社会深化文明的标志。至于我，这个社会中的自然人，无论是披着文化人的外衣，还是具有文化人的内核，我都应允了编辑对我的邀请。

夫妻间的性生活应该谁主动？在编辑未向我提出这个问题前，我根本没认识到这是个问题。可认真地想一想，现代的社会生活中，人与人之间的关系越来越趋向简单化、明朗化，而唯独夫妻关系越来越深奥，越来越难以言明；尤其是现代的中年夫妻的关系，越来越微妙。许多妻子要用许多心思来关注丈夫的言行举止，也有许多丈夫用许多时间来注视着妻子的行走坐卧，这实在是夫妻间的一种艰难。这除了社会的外部因素外，最重要的，还是夫妻间的内部因素。我觉得就今天的话题而言，夫妻间的性生活频率与质量，是衡量夫妻关系的一把重要的尺子。因为，性生活是上帝赐给夫妻的一顿盛大而丰美的晚宴，吃得好坏，决定着夫妻的精神与身体的饥饱程度。

夫妻间的性生活应该谁主动呢？历史说，当然是男人。

从中华民族的传统意识、审美习惯看，从我国历史的沿革过程看，男人一直是各种事物的（绝对的）主宰。从夫妻间的地位上看，丈夫也一直是各种动作的发出者和支配者。

封建皇帝占有三宫六院七十二嫔妃，嫔妃们只能被动地等着皇帝来"幸"，而绝没有主动的权利。一般的富贾也占有三妻四妾，妻妾们要看富贾的眼色行事，想主动吗？想！可不敢，因为不具备权利。即使是一夫一妻的平民百姓，丈夫也是一家之主，是养妻荫子的占有者，妻子也基本不具备主动的权利。有一本小说叫《金瓶梅》，书中写了一个非常主动的女人叫潘金莲，她想占有男人，结果被骂作淫妇，这一骂便流传千古。（悲哉女人！）所以，男人被历史地赋予了性生活的主动权。

从心理上、生理上说，男人更具备主动的条件。

男人的活动大部分都具有社会性，都是呈现给外部世界，让别人看的，具有炫耀性和支配性，就像露于体外的生殖器具有炫耀性一样。造物主为什么把男人的生殖器悬于体外呢？是不是天赐男人的侵略性？是不是天赐的无鞘之剑随时出击？说白了，仅生殖器的位置就说明了老天给予了男人的权利——性生活的主动者。这也使得男人一直保持着心理优势：性生活是我占有的；我要则有，我不要则无。而且以占有的广泛、深入为快感。所谓"大男人"之"大"，大概与以上因素有关吧。

随着现代文明的深入，夫妻在社会生活中的政治、经济等方面趋于平等，男人的心理优势，尤其是占有欲被渐渐消融，那么，夫妻间的性生活该谁主动呢？

男人。还是男人。

中国由封建社会转入现代的文明社会太快了，人们的各项准备不足，于是，社会本身和人的心理上产生了许多畸形。此时的男人，有被妻子占有之嫌。若丈夫出差外地或夜不归宿，哪怕是子夜才归，妻子就不放心了，有的甚至明察暗访，生怕丈夫"主动"了别人。若丈夫在家主动放弃对妻子的性侵略的权利，旷日一多，妻子受的不是生理的熬煎却是心理的熬煎。有一则类似民谣的顺口溜很说明问题："出门在外，老婆交代：少喝酒多吃菜，见着姑娘不要爱，爱了也别带回来。"可以肯定，此类妻子是严重的心理失衡；同时，也看到了妻子具有母性的宽容。（悲哉女人！）所以，男人不想"后院起火"，不想被妻子明察暗访，不想"一个买柴烧，一个担柴卖"，就得主动，用主动证明你对爱情、对家庭的爱戴与责任；用主动，证明自己没有发生过"水土流失"事件；用主动，掩盖"外面的世界很精彩"。当然，今天的男人要比二十年前的男人难做得多，因为今天的男人除了还拥有一定炫耀的优势外，不再拥有对妻子性生活占有的优势。

综上，为了社会生活的平稳，为了家庭生活的安定，男人不能也不应该放弃性生活的主动权，或者叫男人的权利。否则，怎么对得起历史，对得起造物主呢！

144

几年前，我曾多次想动笔写一篇小说，写一篇荒诞小说，题目都起好了，叫《今天，地铁休息》。内容是某年某月某日，北京地铁因某种原因停运一天，然后说，因地铁停运带来的各种状况。混乱，大混乱！地面交通瘫痪，人如热锅上的蚂蚁，各种秩序无章可循：有党政机关的，有企事业单位的，有个人家庭的。生老病死、恩怨情仇，在地铁停运这天，都会有个意想不到的爆发和结局，等等。我是想按荒诞小说去写，可我转念一想：如果地铁真的停运一天，我会怎样？我们身边的人与事会怎样？我的笔触无论如何也无法写尽那种状态的。

写这篇荒诞小说的想法，是我多次在地铁的拥挤中产生的。

一次，早晨坐地铁上班。地铁进站，我站在人群里不用主动用力，就被后面的乘客推进车厢。进车厢后，就一动不能动。我稍一低头，和我面面相觑的是一位青年女士，两个人胸贴胸无缝隙地站着。被推上车时，我的双手一直是举起的，此时，我的双手是无论如何都无法放下了，放下手就要从这位女士的胸前挤过去。这可不仅仅是"瓜田李下"之嫌，身体任何部位动一下都可能招来"非礼"的责骂。直到下一站，车门开了，车厢内的人才可以活动一下身体，我才转过身去，背对着这位女士，才让我紧张的神情得以放松。我当时就想：这地铁会发生多少故事？尴尬的，扭曲的，温暖的，甜蜜的，一定都有。

地铁六号线刚开通时，我就开始乘坐。前三天，车厢里宽敞明亮，人流有序，我感觉六号线是北京运行速度最快的地铁。三天后就拥挤不堪了，我还嘀咕：这些人都是从哪儿来的？我一边抱怨拥挤，一边庆幸六号线又为地面交通减轻了不小的压力，那些不用开车上班的人，又为减少大气污染做了贡献。我原来一直是乘坐公交车或打出租车上下班的，因饱受地面拥堵之煎熬，才下定决心走近两公里到地铁站，也下地铁。

有一次，我真的遇到地铁停驶。我在六号线呼家楼站换乘十号线，那天，十号线就单向停运一小时，我们所有换乘的乘客都往地面上走。哪里是走，简直就是随着人潮漂出地铁口。到了地面，依然是迈不动脚步，人挨着人地缓慢移动。公共汽车被挤得走不了，出租车没有空车。彼时，呼家楼地铁站口一片混乱。我溜着人群的边，一步一步地走到了单位，走一步念叨一句：没有地铁，真可怕。

有网友这样调侃说：地铁是活人上车，相片出来；饼干上车，面粉出来。我觉得这两句还是客观、客气的。还有两句就不好接受了：有在地铁里挤离婚的，有在地铁里挤怀孕的。可以这样说：乘客在地铁里，不仅是过客，而是一天中重要的一段生活。地铁里有人间百态，有一个人的道德修养，有人生观、价值观。地铁是社会状况的一面镜子。

地铁每天要运送多少人次，会有专业部门来统计。地铁里每天要发生多少故事，没人来收集。不过，可以肯定地说：社会上有什么事，地铁里就会发生什么事。

地铁，已经不是用"交通工具"这个简单概念可以涵盖的事物，它不只是有轨的车，还是社会形态的组成部分，是城市重要的生命运输线。

大概没有哪一种事物，像地铁这样被信赖，被依赖，被抱怨，被痛恨，被嘴里怨恨心里喜欢着。

目前，北京地铁的总长度有370公里，已经是世界城市地铁排名第二，但仍然不能满足日益增长的人口和人们对地铁日益增长的依赖。据说，到了2015年，北京地铁将达到662公里，那时会怎样呢？依然不敢乐观。

城市规模在不断扩大，社会分工在不断细化，人口的流动性不会减弱。我们只能期待地铁有序发展，有序运行，来保证我们各行各业的有序发展和运行。

春天来了，地铁运行在春天里。春天走了，地铁依然要运行在春天里。春天里的故事必然会次第发生。地铁里的事，是人间的事，是和你我息息相关的事。

我至今也没动笔写那篇荒诞小说，一是怕自己写得不够荒诞，被读者认为是真实事件；二是，我怕写不尽地铁真的停运一天会发生的那些荒诞事，让读者看到我的无才。最重要的是：我怕地铁真的停运一天！

145

这是我今年第一次看到蝴蝶，在云南的漾濞。

一只白色的蝴蝶，轻盈而优雅地在我眼前舞动着双翅，她白得洁净，白得夺目。我喜欢白色。我一向认为白色是最丰富的色系，它蕴藏了天下所有的色彩。

这只白色的蝴蝶，像在逛花园，像在独自散步，在漾濞这条千年的茶马古道上，优哉游哉，翩然跹然。我的目光追随着她，一直到花草的深处。

我是专程来看这条路，看这条千年古道的。当地人称作"老街"。

有人迹的地方，就会有路。有人迹有路，就会有历史；有历史的路，就会有让人心动的故事，就会提示今天的人们怎样走路、修路、护路。

我喜欢读史，读史是为了知今。

有一幅中国历史上所有茶马古道的线路地图，其中一条是由中原至昆明，再至漾濞，再至缅甸、印度。现在，我脚下的这条路，就是上边说的那条茶马古道保存最好的一段——漾濞段。

路面的石板随处残留着历史的痕迹，路边的建筑依稀可见当年的繁华，甚至可以想象当年这里人喧马嘶驼铃响的景象。这段老街，曾经是个街市、驿站。可以肯定，中国历史上发生过的事，都曾经在这里风云际会。

走在这样的老街上，并不是要刻意去挖掘那些被炒热了放凉了再炒热再放凉的故事。我一直认为：历史上所有古道、街市、驿站的故事大同小异，只是人物、场景不同，细节略有所别而已。至于那些故事的社会意义、教育意义早已成为常识，"三尺小童亦能暗诵"了。

我走在这条老街上，一是想看看那些"衣上征尘杂酒痕"的马帮伙计们，当年走的是什么样的路；二是体会一下"今人不见古时月，今月曾经照古人"的意境。

其实，路，就是路。只是历经了千年，便成了风景。成了风景，便有人来游览，便有我这等文人墨客神经兮兮地来发感慨。路，是不会理睬我这等人的感慨的。路听到的东西太多了，看到的东西也太多了。路把耳闻目睹的事都记录下来，却不会去传播。路珍藏着所有的风花雪月、刀光剑影。也许，那些不能言传、永久珍藏的东西，才是最真实的。

路，一直都是被动的。鲁迅先生说："走的人多了，便成了路。"人们最初"走"出路来，是为了生存的需要，或叫经济的需要。后来，路的用处多了，人们又强加给它政治、军事、文化等命名。

站在漾濞这条老街，抬眼向山上望去，就能看到另一条盘桓在半山间的白练一样的路，那就是被誉为"抗日战争生命线"的滇缅公路。那条路是专为抗日战争修的供给线。当时，老百姓用最原始的方法修建成了最难修建的路。三千里公路，用三千条人命换来，为了一个民族的存亡，这里的老百姓用最朴素，也是最珍贵的生命来修那条路，护那条路。那条路已载入战争史、民族史和筑路史。

想富，要修路；想生存，也要修路。

路，总是一些人在修建，一些人在毁坏。一些人在路上走过，一些人在路上倒下。从路上走过的人，会铭记自己的脚步；在路上倒下的人，就永远铭刻在路上。

大部分的路都比人的寿命长，所以，人们常常会记得这样或那样的路，而在路上走过或倒下的这样那样的人，随着时间的磨蚀，就渐渐地模糊，以至落花流水了无踪影。

现代人不太注意读史，一是活得现实，眼前的事常让人目不暇接、措手不及；二是活得轻松，认为历史的事都是"莫须有"的，明天也可以莫衷一是。这不是现代人的错。我们的历史常被"颠倒过来再颠倒过去"，人们不知该信哪一句。还有，现代生活的节奏太快了，每天紧张地学习、工作，仍然觉得自己落后。

历史是无言的，人若刻意地搬动，就会有是非，就像路。

站着的人，走躺着的路；躺着的路，承载着人类的所有悲欢。

"马上相逢无纸笔，凭君传语报平安。""古道西风瘦马，小桥流水人家，夕阳西下，断肠人在天涯。""烽火连三月，家书抵万金。""春风知别苦，不遣柳条青。"等等，这些与路有关的诗句，读来都是让人"怆然而涕下"的。

漾濞老街的一端是漾濞江，江上一座铁索桥名曰"云龙桥"。人走在桥上要上下左右地摇晃。桥是路，而且是更为生动的路，尤其是这种摇摇晃晃的桥。常有老人对孩子说："我走过的桥，比你走过的路都长。"老人说的桥，大概就是这种摇摇晃晃的桥。没有生活经验的孩子，是不懂得路会摇晃的。历史告诉我们，那些被称作政治、军事、经济、文化要塞之路，都是摇摇晃晃的。

云龙桥边有一小日杂商店，店主人是一对中年夫妻。我们一行人走累了，在此小憩，买几瓶水。那对夫妻听说我们是外地人，是专程来看老街和云龙桥的，便把家里能坐的家什都搬出来让我们坐。一时，椅子、板凳、马扎摆了一排，还把自己家树上的果子、坛子里腌制的梅子，拿出来让我们吃。我们一边感谢，一边大为惊诧："此地民风依然如此淳朴。"

路是旧的，人是新的。老百姓的生活态度几千年始终不会有太大的改变，尤其是在这远离灯红酒绿的山区。

漾濞江依然"不舍昼夜"地流着，茶马古道依然素面朝天。我沿着这条老街往回走，又看到了蝴蝶，是两只，是两只色彩绚丽的互相追逐的蝴蝶。有人看到蝴蝶，就会想起一些浪漫的事或悲壮的事，而我，只想到了青春。

这千年老街上有彩蝶飞舞，就会有青春的脚步。

老街不老，老的都是那些"不废江河万古流"的人和事。

146

接到中国边防总局宣传部的邀请，让我组织几位诗人到新疆帕米尔高原的红其拉甫边防检查站深入生活，并反映边检官兵的工作和生活情况。我选好几位诗人后，就开始自我兴奋。

在国内，一般的地方都有机会或可能去采风，唯有边防哨所没敢想，尤其是著名的红其拉甫。我到电脑上查阅：那里海拔5100米，常年积雪，氧气稀薄，十分艰苦。那里有号称"冰山之父"的慕士塔格冰峰，那里一条路通三国。

对于我，那里十分新鲜。

5月13号早上五点，我们从家里出发，七点飞机起飞，到乌鲁木齐暂停四十分钟，继续飞喀什，下午两点四十到喀什。七个小时的颠簸，飞机上没睡，也没累，我心里在想：到红其拉甫该怎样抒情？晚上十点，我们到达红其拉甫边检站。说是晚上十点，其实这里的天光还亮。我们顺着地球的自转，一路追赶太阳。

晚饭过后，我们互相看看，没有人紧张与不适。细心而严谨的朱政委还是不放心，让卫生员来给我们量血压。大家聚到我的房间，一个一个地量血压。商震低压100，高压160。蓝野低压110，高压155。刘立云正常。朱零正常。老刀正常。

蓝野平时血压就高，此时略显紧张。而我找不到血压升高的理由。我心里清楚：是兴奋的。

每个房间都备有氧气瓶、红景天口服液、丹参滴丸等药品。

我洗洗就踏踏实实地睡了。

14号早上十点吃饭。饭桌上，朱政委问："怎么样？身体有什么反应？睡得好吗？"

我睡得很好，朱零、老刀睡得很好，蓝野略差，刘立云一夜没睡。刘立云是现役军人，今年六十岁，有四十年的军龄，他一夜没睡想什么？

上午，我们都换上迷彩服，参观红其拉甫边检站的历史。我们看到了当年用八千元经费建起的团级边检站。"一顶帐篷挡风雪，三块石头支起锅"的艰难岁月，真是不可想象的艰苦，真是肉体无法忍受而只能用精神意志才能挺住的岁月。在展览室门口，有两块不规整的石头，一块写着"精忠"，一块写着"报国"。一看就知道是没受过毛笔字训练的人写的。据说，这是刚建站时，某战士捡来两块石头，自己写的，放在兵营（就是帐篷）门口。谁写的没留下名字，这两块石头和石头上的"精忠报国"永远留下来了。

一位老战士的日记中有一行字："我渴望见到一个陌生人，见到一块陌生的石头，见到一株陌生的绿草……"

中午，我们和官兵一起列队去食堂吃午饭。我走在第一个，步伐是错乱的，后面几位诗人走得是否正确我不知道，我认为他们走得会比我好。刘立云是现役，老刀、蓝野都是空军转业，只有我和朱零没受过军营的训练。后来得知，他们也走错乱了。

我们在食堂门口立定，齐唱《团结就是力量》。我只会几句词，接下来，口型都对不上。战士们的歌声，真是钢铁。

参观官兵的办公和住宿的小楼，一进门的走廊上，贴着一张彩色图片，图片是一群欢笑着作萌态的孩子，一行欢快的字："爸爸，辛苦了！"我看一眼也欢快很多。

孩子，是这里的官兵惦念之首。有孩子的是这样，没孩子的更这样。在红其拉甫边检站工作时间久了，男人会睾丸肿大，女人会月经不调，直接影响生育能力。

下午，和官兵们座谈，提到孩子时全体都泪流满面。一个干部回家探亲，一进家门，孩子挡在他和妻子之间，警惕地问："叔叔，你找谁？"一个孩子见到穿军装的战士就喊"爸爸"，因为孩子只见到一张穿军装的爸爸照片。女干部舒菊英的孩子小学快毕业了，她决心陪孩子过一次儿童节。

孩子，是骨肉，也是未来。

下午，去边检站出入境关口，看边检官兵怎样工作。一进大厅，我们看到几个战士帮着一个出境的外国人搬搬扛扛地运行李。出境的人带的东西比入境的人带的东西多。

我和朱零、蓝野在边检大楼前合拍一张照相，发给朋友。朋友回复：就蓝野像军人。看来，当过兵的人无论过多长时间，站姿都会葆有受过军事训练的痕迹，尤其，我们那天都穿着军装。

晚上，卫生员来量血压。我正常了。唯蓝野持高不降。蓝野一直在吃药。

几个人在我房间里喝会儿茶，交流一阵，各自回房睡去。

15号早上，我们全体上前哨班。朱政委说：昨晚前哨班还下雪呢。

边检站到前哨班，从海拔3200米到海拔5100米，路两边是雪野、戈壁，空中时有飞鸟和鹰，地上常见鼹鼠。一过海拔4000米，天上、地上除了雪就什么都没有了。

天蓝，雪白，冰山亮。

我们晚上要住在前哨班。随行的女记者李燕飞也要住。朱政委说：你不能住。你住了，我们战士就没地方住了。

到前哨班，战士们列队在门口欢迎我们。我们和战士一一握手。一排古铜色的脸膛，一双双粗粝的手掌，一支支锃亮的枪。

一间不到三十平方米的寝室摆放十六张单人床，战士上岗下哨轮流睡觉。寝室外是个稍大的房间，一侧是一张条桌、两排长凳。吃饭，喝水，聊天，抽烟。另一侧，有一片一平方米多点的绿植。这是战士们能看到的森林、草地、花园。海拔5100米，是生命的禁区，这些植物，战士们是怎么养活的？在这片绿植前，我向战士学习敬军礼。学会了，动作虽然还不很标准，但我向官兵们敬礼了，向这一小片绿植敬礼了。敬礼真好！阳光、春风都有，就是没有废话。

当晚，我们决心住在前哨班，深度体验。女记者李燕飞下山，她感冒了。蓝野也下去。蓝野的脸是酱紫色，说话只有唇齿音。

原准备和战士一起睡大房间，临睡前，朱政委硬把自己和作战指挥的房间给我们睡。我们开始不肯，朱政委说："我怕你们睡不好，翻来覆去地影响战士休息，战士们每两个小时要换岗的。"这样，我和刘立云睡一小间，朱零、老刀睡一小间。

午夜两点半，朱政委来敲我的门，对我说："老刀老师吸了三袋氧，还是头晕，呼吸困难，得送他下去。你们也一起下去吧。"我略想一下："都下去。"刘立云对朱政委说：商震带来六个人，现在一半有身体状况，他不放心。

雪，纷乱地落，视线里一片迷茫。

一辆中巴车送我们下山，朱政委和几个战士护送。雪在下，雪片不大但落得很急。我似乎听到有战士在把子弹推上膛。朱政委叮嘱开车的战士："慢点，如果发现路边有停着的车或拖拉机，不要靠近，远点停车。""走路中间，有坑也不要躲。"

一路上，朱政委全神贯注地看着前方，本来就很大的眼睛，瞪得更大更亮。我意识到朱政委在为我们的安全担心。他对开车的战士放心，对车况放心，但对路面及藏在路边的情况不放心。我们来时，在边防总局就接受过这里是反恐前线的教育。

回到边检站，凌晨四点多，我们立即睡觉，早晨还要回到前哨班和战士一起站岗巡逻。

早上九点半，我们出发。老刀起不来，卧床休息。我们在前哨班穿上棉军装。棉衣看着很厚却很轻，很暖和。我们到边境线和战士一起列队巡逻。巴基斯坦的士兵也在边境线巡逻，两边的战士有说有笑。若不是一条边境线隔着，不是军装不同，两边的士兵像一个团队里的人。

巡逻结束，我们准备回到前哨班。我和朱政委走到一边，各自点燃一支烟。在海拔5100米吸烟，烟碱的味道和凉气混合，使得烟味很淡。

边境线离前哨班有两公里。这时，战士们收养的三条狗兴冲冲跑上来，和战士摇头摆尾地亲昵，也和我们亲昵。狗不认识我们，它们认识军装。

狗是前哨班的另类战士。

下午，我们和前哨班的战士聊天，不聊家乡、亲人，不聊艰苦，聊趣事，聊在边境线都看到过哪些野生动物。

晚上，在边检站，大家喝了几杯酒，席间朱政委站起来唱《父亲的草原母亲的河》，我唱了《江山无限》。接着，官兵们唱了几首军营歌曲。

唱歌、喝酒，都是释放情感的通道。

官兵和我们窃窃私语，窃窃私语，窃窃私语。

四天的军营生活结束了。早上七点，我们上车，离开边检站去喀什乘飞机回京。车下，我们和官兵手握得很紧，很热。我们上车后，朱政委等一队官兵笔直地敬礼，我们在车上敬礼，一直到互相看不见身影。

我会永远记住一些红其拉甫边检站官兵的名字：刘晓峰、朱春山、白宝平、吕多斌、闫景、卿北川、舒菊英、王希、范永勇、孙超……

147

《人民文学》创刊六十五周年，约我写点文字，我真是百感交集，思往事，思故人，思我成长之路。想写的大概很多，但现在只能点到为止。

人的一生，不可能只是物理地成长，一定要有几次脱胎换骨地蜕变，而重要的蜕变可能只有一次——像蝌蚪变青蛙，丑小鸭变天鹅。

我在《人民文学》工作了十六年，这十六年就是我一生中最重要的一次蜕变。

我是1996年到《人民文学》工作的。当时，我虽然写了一些诗歌、散文，但作品还很稚嫩，对他人文学作品的判断力还不很自信。可2012年我被调离《人民文学》时，无论是在自己的创作上，还是在对他人作品判断上，都信心满满。尤其是懂得了如何才能做一个让上级组织放心、让群众满意的团队领导者。

我刚到《人民文学》时，和韩作荣、李敬泽三人同一间办公室。那时，早上上班来，我看到他们两个人都伏案埋头看稿子、给作者写回信等，一个小时或半个小时才互相说几句话，受他们俩的影响，我也只好低头看稿子、写回信。那时的我，是个活泼有余稳重不足的青年人。（当然，李敬泽比我还小几岁，但他或是少年老成，或是有较好的职业精神。）正是在这种工作氛围里，正是在这两位优秀的编辑身边，我学会了怎样做一个好编辑。有时，听他俩对一篇作品的讨论，我在一旁偷艺；有时，听他俩说一个社会段子，我体会了编辑的幽默和作家的俗世快乐。后来，我也能加入他们的业务讨论，也可以开怀地讲段子。我们一起哈哈大笑，一起抽烟、喝茶。

说到抽烟，有一个故事。那是一个冬天，我们的办公室关着门，我们三个低头看稿子、抽烟（韩作荣是一支接一支不断火地抽，李敬泽和我差不多，是十分钟抽一支），许久都没有抬头说话。突然，另一个编辑室的编辑到我们办公室来，一开门就被一股烟浪推了出去，并大喊：着火了！我们抬头时才发现，满屋的烟雾，已让我们如神似仙地飘在了空中。

那一段时光，早已铭刻在我的骨子里。对于我，那是一段由虚弱走向坚实的历程，是由自卑走向自信的历程。那是行为上矫正自己、知识上充填自己、工作上壮大自己的历程。

后来，韩作荣升任主编搬走了，李敬泽升任副主编搬走了，我在那间办公室一直坐到2009年，我也去做副主编了。

在《人民文学》这十六年里，我经历了三届主编：刘白羽、程树榛，韩作荣，李敬泽；这三届四位主编的工作历程是《人民文学》最后一次复刊后，从复苏到蓬勃的过程。我从他们身上学到了许多让我至今受用的学养和工作经验。当然，还有崔道怡老师、王扶老师、肖复兴老师及当时的老编辑们，都给我输送了许多营养，这些养分，在我当下的工作中正释放着能量。

《人民文学》的团队精神，祥和的气氛，每个工作人员的责任心和岗位意识，都是我现在的工作追求和方向。

铁打的营盘流水的兵，《人民文学》是那铁打的营盘，我及其他一些离开《人民文学》的人，都是流走的兵。离开《人民文学》两年多了，但我依然觉得我是《人民文学》的人，时常会顺嘴说："我们《人民文学》……"在感情上，我已经把《人民文学》当做我的又一个出生地，暗地里把自己当《人民文学》的至亲。

148

一次诗歌的会议，我应邀坐在主席台上。主持人介绍我时，说：著名诗人、评论家……云云。我很汗颜。我是评论家吗？编辑有评论家的功能，但绝不是评论家。

我认为，一个评论家是要有许可证的。孔子编了《诗》三百，也没有当成评论家，他老人家教学生时，不讲修辞手段，不讲美学意义，也仅是唱唱读读。让外行听热闹，内行听门道。可以肯定，孔先生的弟子里，对诗歌这门课外行多，所以才"三千弟子，七十二贤人"。当他的有心智的对诗歌内行的学生子贡问他：研究诗歌，是要"如切如磋，如琢如磨"吗？孔老夫子听后才摇头晃脑地说：是啊！"始可与言诗已矣"。用现代汉语说，就是："研究诗歌要像对待骨、角、象牙、玉石一样，切磋它，琢磨它？"孔子说："你能从我已经讲过的话中领会到我还没有说到的意思，举一反三，我就可以同你谈论《诗》了。"看看，孔先生对评论家的要求是能够"如切如磋，如琢如磨"。能有"如切如磋，如琢如磨"情怀和境界的人，才可以论诗。这"如切如磋，如琢如磨"的能力，就应该是评论家的许可证。

我这个编辑，在编发稿件时，不会与谁"如切如磋，如琢如磨"，只是自己切磋与琢磨。所以，我不是评论家。也就是说，编者体现的都是编者本人的喜好。

诗无达诂，编诗亦无达诂。论诗者诂否？

风雨未必喻今世，荒论岂能尽诗情。至道无难，论诗之道却难。

我一直对诗歌评论家怀有谨慎的尊重，我一直对编辑论诗怀有谨慎的警惕。

149

从古至今，写诗的人大概都写过桃花的。桃花一直是一个值得羡鲜慕艳者、多愁善感者吟咏的喻体。诗中最早出现桃花的应该是《诗经》里的《桃夭》，之后才有诗人不断地使用桃花这一具象。陶渊明曾有《桃花源记》等；唐人写桃花者更多，就连李白都多次写桃花。

桃花可以是理想国里缥缈的仙子，可以是入世的凡俗人情，更多的是"人面桃花相映红"的美人。桃花有红有粉亦有白，盛开时最惹蜂蝶，色泽艳得让人想入非非。于是有"桃花运"、"桃色新闻"等艳俗之说。当然也有惨烈的，如：冷兵器时的古战场，"锤到处，脑浆迸裂，如万朵桃花开"。

《诗经》中的《桃夭》，是"人面桃花"，曾被清代的文人誉为：此诗"开千古词赋咏美人之祖"。这种论断当然过于偏颇，或过于偏爱。但，也足见这首写桃花的诗对后世的影响。

桃之夭夭，灼灼其华。之子于归，宜其室家。

桃之夭夭，有蕡其实。之子于归，宜其家室。

桃之夭夭，其叶蓁蓁。之子于归，宜其家人。

这是一首写新娘子出嫁的诗，已无异议。而且从古至今，约定俗成的是：新娘子出嫁那天就一定是最漂亮的人。所以，把新娘子比作绚烂的桃花并开得红灿灿，是没有什么过分的。但是，把这首诗说成是"咏美人之祖"就显得阅历短浅了，也过于武断。更多的例子我不想列举了，还是接着说桃花。

诗人眼中的桃花，为什么有的是洁白的仙子，有的是俗世艳遇？有道是：各花入各眼。个人的心态、审美情趣和际遇决定了对桃花的态度。桃花只是客体，想念超凡仙子的和想念俗世美人的，不借桃花也可以借其他如杏花、梨花等。都喜用桃花，除桃花逢春、艳丽、半羞半野外，确实要归功于《诗经》之《桃夭》。

说了半大，就是想强调《诗经》的影响力。可以判断：陶渊明、李白及近现代诗人等写桃花，都是从《桃天》中来。有一个词，叫"泽被后世"。把这个词冠给《诗经》是恰当的。那么，不读《诗经》的人去写诗，一定是不恰当的。

150

"将复古道，非我而谁。"这话只能是李白等辈说。

说出这种话的人，一定是贯通古今，才华横溢，韬略满腹。不仅是有志向和雄心，作品也一定是有时空的穿透力，会百世流芳。

北京出租车的许多"的哥"善谈，客人一上车，就开聊。政治、经济、军事、文化、人情世故无所不知。甚至奥巴马下一步要打谁，咱中央又要怎样安排干部、人事他都知道。也有欲知天下事，"非我而谁"的气势，让你听着很热闹，可下了车，你敢信吗？

有些话，确实要看谁说的。《增广贤文》上有一句这样的话："够不着屁股的手，别往天上指"。我不是说北京"的哥"，我是在说那些盲目自大的人。

常看到、听到，一些写诗的人自发组织个什么流派、宗派，然后就发宣言，宣言的内容比李白这句"非我而谁"还要雄心勃勃，还要战旗猎猎。似乎他们的组织是诗坛救世主，他们的宣言一出，"英特纳雄耐尔"明天就实现。我也是被热闹吸引得关注了一会儿，接着就想起北京"的哥"。

诗坛要不要分出几个阵营？是不是写格律诗的、写散文诗的和写新诗的要鸡犬相闻？有分营而治想法的人，一定是个不通古今、无才低能、小气狭隘的人。

诗，就是诗，不是用了某种形式，或格律或散文化，就变成另外的一种诗了！不贯通古今能把格律诗词写好吗？不可能！不懂格律诗词的人能把新诗写好吗？我不信！不懂格律诗词、写不好新诗能把散文诗写好吗？我绝对不信！

宣言和口号都不能是用来蛊惑人、吓唬人的。要拿出真刀真枪，就是拿出好作品来！不是编了多厚的印刷品，组织几个多大型的活动，颁了什么奖，诗，就会存在。

靠活动证明拥有了诗歌的人，定贻来者羞！

李白的"将复古道，非我而谁"，是努力回到诗歌的源头，重新理解本民族的诗教和政治自觉、创作自觉。是立天地之心，显皓月之志。

《易经》中复卦的解释是："复，其见天地之心乎。"

见天地之心，要用执著的天真，而不是功利的俗念。天地之心也是世道人心。要完成天地之心，就要俯仰无愧天地，褒贬只待春秋。

151

2012年1月，我被调到《诗刊》主持工作，一种压力从天而降，一股忧思由心而生。

那年，我刚过完五十二岁生日，一个朋友向我索要一张字，我提笔就写了："生年过半百，已无千岁忧"。朋友高兴地拿着字走了，而我却沉思了许久。我无忧了？因为有忧，才写无忧。这是文人的毛病，或文人都常常干的这种自欺欺人的事。我不是自欺欺人，我是希望无忧或暗示自己很快无忧。

这句话是从古诗"生年不满百，常怀千岁忧"化用来的。为什么化用这句？因为有忧。

"能者劳，智者愁。"此"愁"即是忧。反过来说：无忧者，无智。

有大忧者，怀大志，并能化忧为智。

想起孔子的一次忧。孔夫子一天把自己关在一个小屋子里，面容凝重，目光呆滞。学生子贡看到了，不敢问，就和颜回说：咱老师在屋里发傻呢！颜回听到后，立即走到琴台边坐下，一边抚琴，一边高歌，一时噪声鹊起。孔老师听到后，就喊：颜回，你给我进来！颜回迈着四方步走到老师身边，孔老师就问：你为什么一个人在那儿又弹又唱？颜回不眨眼睛地反问："夫子奚独忧？"就是：老师你为什么一个人忧愁？孔老师有点发怒，说：你先回答我的问题。颜回有备，大大方方地说："吾昔闻之夫子曰：'乐天知命故不忧'，回所以乐也。"用现代汉语说是这样：啊，过去我就听到过老师的教诲——对天下的人与事知其然也知其所以然，对未来有自信就不会忧。所以我就不忧。接着，颜回又背诵一句孔老师的话："汝徒知乐天知命之无忧，未知乐天知命有忧之大也。"孔老师听完，笑了，对颜回说：你如果只考虑自身的生活、学业、未来，虽然要忧，但这种小忧，解决起来并不难；但要解决天下疾苦、国计民生的大忧，就没那么容易了。

孔子之忧是天下之忧，所以，半部《论语》治天下。

想起这段故事时，我好像真的偷听了孔老师给学生讲的课。

我理解的"知命"是：自己必须要走的路，是一条关系众人灵与肉的路，一定存在着"忧"。所以，一边希望无忧，一边为忧而忧。

突然就想起，五十二岁时的维特根斯坦，那年他说："像个骑自行车的人，为了不倒下我不停地踩着踏板向前。"

我不想治天下，也不想倒下，只想平平安安地工作到退休。

152

全世界都知道犹太人聪明，但大多数人只看到犹太人的成就，并不了解犹太人的教育。一次读闲文，看到一则犹太人的老师给学生上课的课堂故事，这个故事一直萦绕于怀。我曾做过老师这个职业，我多次责问自己：我会这样上课吗？我误人子弟了吗？

大家都在感叹：没有好的教育，怎么会有聪明的后代。可是，好的教育是什么？

故事是这样的：在犹太人的一个重要节日里，正上课的老师走出课堂一会儿，去办点事，并交代学生自己读书。老师回来时发现学生们不是在读书而是围在一起下棋。学生们很惊悚，没想到老师这么快就回来了，心想一定会遭到严厉批评。可是，老师并没有批评他们，反而走过来和他们一起下棋，并温和地问：你们谁能告诉我下棋的规则？学生们愣愣地看着老师，老师就拿着棋子给学生们一边演示一边说（当然是犹太人自己的棋）："第一，你必须一步一步走，每步只能走一格，这需要你有耐心。第二，你只能往前走，不能往后退，走错一步就要付出代价，这需要你有勇气。第三，只有走过中线，你才可以前行，可以后退，可以左移，可以右挪，可以一步走一格，也可以一步跨两格，这表明，要得到自由，是有条件的……"实物施教，用学生们的兴趣施教。这大概就是"寓教于乐"吧。

这位老师是讲下棋吗？看来棋如人生，是放之四海而皆准的。

我们的老师会下棋吗？我们的老师看到学生们在课堂上下棋，会和学生们如此这般地下棋吗？我们的课堂会和人生规则有关联吗？

我问的是我自己。

153

我曾说过："写诗就是为了找知音。"我想再通俗一点说："写诗是为了一次相遇。"

一个诗人为什么写诗？可能会有许多答案。高大上的，嬉皮士的，正襟危坐的，俗世快乐的，严谨刻薄的，等等繁多的缭乱的回答。我觉得：一个人写诗，很可能是给一个遥远的、模糊的、似有似无的，或根本不存在的人写的。那个遥远、模糊或不存在的人，可能就是诗人要寻找的知音。

诗人是孩子，渴望被爱。

诗人写诗时，那个遥远、模糊的人，已在诗人心里存在。可能不具体，可能只存在于幻象、联想之中，但那个人是原动力，是激情释放的突破口，是撒娇的对象。

罗兰·巴特在《小说的准备》中说："我写作是为了被爱；被某个人，某个遥远的人所爱。"罗兰·巴特应该是诗人，当然，罗兰·巴特就是诗人。

每一首诗，都是诗人心事的文字表现。有些心事是清晰、明朗的，有些心事是混沌、模糊的。所以，诗歌就不可能首首明朗或模糊。读懂一首诗的明朗或模糊的人，能看到诗歌背后诗人心事的人，就是这首诗的知音，就是在热爱这个写诗的人。当然，我不反对误读，许多大作品都是被误读出来的。

一首诗，如空中飘下的雨丝，有人会觉得缠绵，有人会觉得凄冷，这缠绵和凄冷已经和雨丝没什么关系了。但是，雨从天而降时，一定希望落到一个有温度的身体上。雨就是水，打湿的是你的心事。

读懂一首诗，就是和写诗的人交流了心事，可能还会交换心底的秘密。

154

诗人的写作目的不外乎是呈露个人的词语魔力与审美经验等，而这些写作目的，是要通过读者的阅读来完成的。同样，诗歌的美学目的，更是要通过读者的阅读来实现。这个目的，就是要给读者带来——愉悦。

诗歌给读者提供的愉悦材料是复杂的，是诗人喜怒哀乐的混合物。诗人既希望读者能够敏锐地识破诗人语言的智谋，又渴望读者能从诗人的作品中认识"诗人是谁"，"诗人心中的世界是什么样的"。也就是说，读者从诗歌中获得的愉悦多少、深浅，可能是判断一首诗的艺术品质或社会价值功能几何的标准。换句话说，诗歌的美学目的能完成多少，是受到读者群体审美判断和价值衡量制约的。

说到这儿，我们想说的是：我们给读者朋友们提供的诗歌，是艺术品，是可以给朋友们带来愉悦的艺术品。这些艺术品，是饱含人类所有情感的诗人的劳动与创造。

诗人写作是情感释放的艺术通道，阅读也是。中国诗歌的美学传统，从《诗经》开始，就是"立象以尽意"。

诗人的写作大抵是不会离开"立象以尽意"这个具有核心意义的审美指标的。但是，诗人不过是个体劳动者，个体劳动的作品必然是各具特色的。而正是这种异态纷呈，才使得诗歌多姿多彩，才使得诗歌作品充满魅惑。这个魅惑，是诗人写作的动力，更是读者阅读的动力。

写诗和读诗，都是为了获得愉悦。艾青先生说："诗人永远是十八。"十八岁是什么样？心灵自由，性格率真，想象力丰富，创造性强，对未来充满自信。

北宋人程颢写过一首《春日偶成》，这里不妨拿来别作一用，诗曰："云淡风轻近午天，傍花随柳过前川。时人不识余心乐，将谓偷闲学少年。"这个"偷闲"，应该是对自己的忠实，对生活的忠实。我们也可以理解为是对诗歌的忠实。一个"偷"字，是何等愉悦啊！那是在写诗，或是在读诗。

155

去广东新兴县采风，到国恩寺。这是六祖惠能出家的寺院。

进了寺院，当地接待我们的朋友，请寺院里的住持给我们讲讲六祖惠能的成长史。先讲惠能是第一个把印度佛教改良成有中国特色佛教的大师，接着讲了惠能怎样艰难曲折成为大师的故事。这住持和尚地方口音很重，我没完全听清楚，但大意我是听懂了。

惠能聪慧过人，悟性极高，勤劳善良，有经天纬地之襟怀。但五祖法师却让他去后院做劈柴淘米扫院等杂务，不让他来听经（很像孙悟空的学艺路径）。让他卧薪尝胆，韬光养晦，装傻充愣。为啥？怕遭他人嫉妒并加害。直到五祖法师想让弟子们写一佛门偈语，一直想做六祖的神秀和尚大张旗鼓地写了"身是菩提树，心如明镜台。时时勤拂拭，勿使惹尘埃"。

在神秀和尚志得意满时，五祖法师却不满意，对神秀和尚说："汝作此偈，未见本性，只到门外，未入门内。"这个批语，等于否了神秀和尚继承六祖的可能。惠能终于绷不住了，写了"菩提本无树，明镜亦非台。本来无一物，何处惹尘埃"。五祖满意了，欲传六祖位于惠能。

神秀和尚急了，怒火中烧了，无恶不作了，誓要除去惠能。惠能只有脱僧袍换俗装，躲猎户家里避难，才逃脱神秀的追杀。多年后，惠能才出山到韶关登莲座讲经布道。看看，俗世间为争一重要位置弑父母诛兄弟的事，在佛门依然存在。俗世的斗争都是政治斗争，佛门里的争斗也与俗世无异。我不知道印度佛门里是否有这等故事，惠能的故事是真有中国特色了。

这个故事告诉我，佛本来是肉眼凡胎父精母血的人。人能做出的事，佛家弟子也会做。只有看透了"本来无一物，何处惹尘埃"者，才能成佛。

我辈活在俗世，争来斗去，抢来夺去，有几个能悟透"本来无一物"的？悟不透，必然会惹尘埃。

阿弥陀佛。我能成佛否？

图书在版编目（CIP）数据

三余堂散记 / 商震 著. -- 北京：作家出版社，
2015.3

ISBN 978-7-5063-7810-9

Ⅰ. ①三… Ⅱ. ①商… Ⅲ. ①散文集 – 中国 – 当代
Ⅳ. ①I267

中国版本图书馆CIP数据核字（2015）第025784号

三余堂散记

作　　者：商　震
责任编辑：李宏伟
装帧设计：合和工作室 JOY·BONE · 蒋艳
出版发行：作家出版社
社　　址：北京农展馆南里10号　　邮　　编：100125
电话传真：86-10-65930756（出版发行部）
　　　　　86-10-65004079（总编室）
　　　　　86-10-65015116（邮购部）
E-mail:zuojia@zuojia.net.cn
http://www.haozuojia.com（作家在线）
印　　刷：三河市紫恒印装有限公司
成品尺寸：130×185
字　　数：115千
印　　张：7.25
版　　次：2015年3月第1版
印　　次：2015年3月第1次印刷
ISBN　978-7-5063-7810-9
定　　价：36.00元